A班之粉筆字

關麗珊 著

U0931640

A班之粉筆字

作者／關麗珊
總編輯／黃幗坤
美術設計／劉碧雲
插圖／黃裳
出版發行／突破出版社
香港沙田亞公角山路33號突破青年村
電話：2632 0000　傳真：2632 0388
電郵：breakthrough@breakthrough.org.hk
網址：http://www.breakthrough.org.hk
http://www.btproduct.com
承印／陽光印刷製本廠
2015年7月初版1刷
版權所有 © 2015 突破有限公司

The Story of F.A: Chalk's Writing on the Ground
by Patsy Kwan
First Printing, First Edition, July 2015
Copyright © 2015 by Breakthrough Ltd.
All Rights Reserved
Printed in Hong Kong
ISBN 978-988-8246-76-2

誠邀閣下就突破出版社的書籍發表意見

歡迎加入突破書籍 Facebook page — http://www.facebook.com/btbooks.page

本書採用環保油墨印刷

每一個
年輕人都應當
乘着夢想的
翅膀出航。

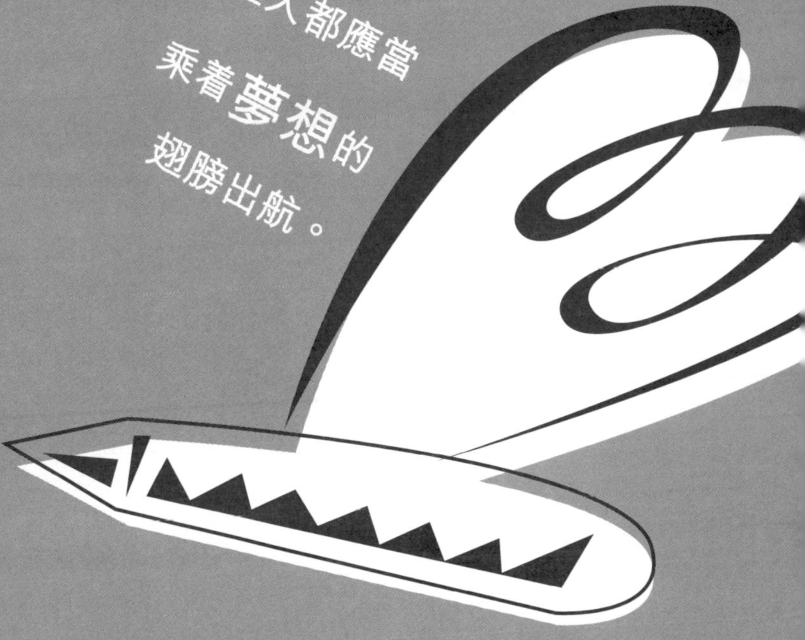

成長文學

目録

第一章　粉筆字 / 8

寫粉筆字的朱浚偉：聽阿婆說，爸爸由發現隱疾到失明的過程大概用了十年，但媽媽離開時我沒有記憶，我不知道爸爸那時的心情，只知他原本不願拿傷殘津貼，最終也申請了。當我蹲在馬路上用粉筆寫字的時候，抬頭望向熟悉的舊樓，隨即看見那排生鏽的窗花，彷彿另一個人站在裏面，怔怔望向寫字的我。

第二章　兩個阿成 / 20

謝國鏗：我是文字記者，卻習慣用手機拍照，或錄音，不再筆錄，也許我蹲下來用粉筆寫字，字體不會比那個朱浚偉好。走了半天，轉入橫街的茶餐廳吃飯，聽到茶餐廳夥計談論留守街上的學生和市民，我得承認喜歡聽市民心聲，如果高官肯接近市民，應該知道怎樣做好本分的。

第三章　看不見的城市 / 36

粉筆字少年的爸爸：我問警員偉仔犯了什麼事，他回答偉仔在地上用粉筆寫字。隨即想起極權政府喜歡用淺色的牆，讓城市變成監獄那樣整潔的地方。市民在牆上寫字會即時拘捕，政府是單向式管治市民，市民不能用任何形式跟政府溝通。反之，自由社會將塗鴉發展成藝術，在牆上寫字也不會突然被消失的，我真的不應將偉仔帶來這樣的世界。

第四章　海拔三千米星光 / 56

宋美恩：阿雪喜歡看芥川龍之介的小說，建議到立山黑部和上高地，重走芥川龍走過的路。我們沒有異議，但美琪說國鏗情緒低落，想多點時間陪伴他，最終放棄旅程。婷婷出發前一星期發燒，連續幾日體溫稍高於正常水平，俗稱發低燒，原因未明，醫生表示可能免疫系統正在對抗病毒入侵。由於婷婷曾患淋巴癌，我們勸她留在香港休息，她在羣組留下三個哭泣表情符號，我留言會買手信給她，她留三個笑到流淚的符號。

第五章　A 班羣組 / 96

A 班羣組：曲曲：我全家有三個成員做警察，一出世就住在警察宿舍。警察不會見死不救，可能想開另一條路。建寧：這班人破壞社會，警察將他們全部捉返警署就最好。晴：我做護士以來，未見過那麼多十幾歲的人低血糖，這些學生都好辛苦，有幾個還中暑，警察不必使用暴力對待學生。子駿：班長，你在哪兒？

第六章　漫長 / 128

陳子駿：掛線後，自顧自的笑起來，多麼像朋友約會，只是現在很少電聯，通常打字傳訊，想不到竟然和警員有個約會。

第七章　每一天都是新的 / 150

簡美琪：我想問失明的人為何看電影，但覺問題太白癡。國鏗像知道我的想法，說：「也許他懷念看戲的感覺，或者想陪兒子做一些事，所以，結伴到戲院去，他聽戲，偉仔看戲。」

後記：讓未來的你感謝現在的你 / 166

第一章

粉筆字

我在馬路上寫字，那是我最熟悉的馬路，我住六樓，每日要爬六層樓梯回家，由於接近馬路，空氣很差，整天都是嘈吵的。夏天關上窗開冷氣，冬天也關上窗，家裏像密封空間，好像鞋盒，或罐頭。

小時候，我喜歡爬上窗花看街景，記憶中有個人經常抱我望出去，也許是我的媽媽，但她很快在我的世界消失。

我起初不明白窗花的用處，後來才知道近乎是香港人獨有的設計，因為地少人多樓層高，為免小孩和寵物爬出窗外，才在窗框上加上鐵枝，但美其名為窗花。對永遠不會打開的窗來說，窗花就像額外的監獄設備，讓困在這兒的人多一重被困的感覺。

阿婆經常談起那個女人的不是，那個女人是我的媽媽。爸爸有遺傳的視網膜色素退變，跟媽媽結婚時不知道，隨視力轉差去驗眼，才知有這種病，視力會不斷衰退，直至失明。媽媽在他無法工作以後，靜靜離開他，那時候，爸爸還有三成視力，也許兩成，大人的說話總是說不準的。

爸爸是異常沉默的人，有時放學回家，我不知道他在家裏還是外出，因為，無論他在家與否，家裏總是靜到我覺得耳朵有回音。

家裏有許多媽媽的舊照，她是美麗的女人，阿婆説我長得像她，幸好是男孩，要不然，就會像媽媽那樣水性楊花。我起初不知道水性楊花的意思，只知道是批評媽媽的，但我知道阿婆只能這樣，媽媽不要自己的媽媽、丈夫和兒子，她要自己的生活，留下阿婆、我和爸爸。阿婆跟我們原本沒有關係，因為她無依無靠，才跟我們一起居住，自從爸爸完全看不見後，我們反而依靠阿婆煮食打掃，才可以生活。

阿婆經常讚賞爸爸是好男人，靠獎學金到美國讀建築，回來做則師。我其實不知建築師和則師有何分別，只知阿婆每次談起爸爸當年成就時，整個人開心得發光，認為媽媽嫁給爸爸是最好的選擇，不知道為什麼媽媽會為更好的選擇離開我們，難怪現在的人常説沒有最好，只有更好。

聽阿婆説，爸爸由發現隱疾到失明的過程大概用了十年，但媽媽離開時我沒有記憶，我不知道爸爸那時的心情，只知他原本不願拿傷殘津貼，最終也申請了。

當我蹲在馬路上用粉筆寫字的時候，抬頭望向熟悉的舊樓，隨即看見那排生鏽的窗花，彷彿另一個我站在裏面，怔怔望向寫字的我。

讀小學時，阿婆到學校接送我，經常被同學取笑我的媽媽是老太婆。我很生氣，但有許多同學笑我，我只好跟阿婆説要自己上學。阿婆説好，每日躲在學校附近等我放學，我要走得很遠以後，才讓她走近我。其他同學有工人姐姐或媽媽接送，只有我是阿婆接送的。

我要在街上寫字，我要學電視的大人那樣，為香港爭取公義，我要獅子山精神。我再望上去自己住的單位，想起升上中學後，阿婆總在家裏等我放學，她會站在窗前看我走路回家的。

家裏很靜，自從阿婆病死後，家裏一直就是這樣的靜。阿婆任由電視長期開放，即使在房裏睡覺，客廳的電視依然播放節目。我不知她想半夜去廁所的時候看一會，還是想爸爸知道電視的位置，抑或想爸爸知道我

們還在家裏呢？

我曾刻意上網找尋關於失明人士的書籍、電影和電視劇看，那些盲人全是聽覺特別靈敏，如果是真的，爸爸肯定是例外，他甚至不喜歡聽音樂，也不喜歡聽收音機，後來，我發現爸爸用耳機聽奇怪的歌曲，我覺得好難聽的。

爸爸整天都是靜靜在家摸索，喜歡玩手上的兩顆鋼珠，據說可以用來練習腕力。我試過拿起鋼珠，好重，不能在手中轉來轉去。

以前覺得阿婆太嘈吵，現在總想聽到她囉囉唆唆的聲音。我不喜歡看電視，不過，我會開電視，以免家裏太靜。爸爸從不反對我開電視，也不會主動開機或關機。他每日拿盲人手杖落街吃早餐，閒逛一會，然後回家看他的點字書。或者，應該說他每日都會用手摸那些去盲人協會借來的點字書。

電視整天談論佔領運動，我由窗望落去，人來人往，不過，每日出現的人都有點不同。

有個女孩整天用粉筆在地上畫花，很好看。我在課室拿了一截粉筆回家，在她的附近寫字，想不出寫什麼字，拿出手機，東抄一點，西抄一句，寫得很開心。

寫完後，我希望她看見我的名字，想跟她談話，又不知道該説什麼，情急之下，只想到跑回家。

我一口氣跑上樓，回到家中，一邊喘氣一邊走到窗邊，看見自己寫在地上的字，覺得好開心，又有點激動，不禁大喊：「快來看！你們快來看！」

家裏很靜，我這才想起沒有人會回答我。

爸爸的房永遠是陰暗的，沒有燈，也沒有陽光。家裏只有兩間房有陽光灑進來，爸爸讓我和阿婆住，我的房間原是爸媽住的，舊樓就是這樣多房的。我走近爸爸的房間，經常看見他的背影，他在看點字書，聽到我的聲音，沒有理會。

有人説後天失明的人很難摸點字，但爸爸像先天失明的人那樣，整天摸點字書，可見阿婆讚爸爸聰明是對的，他學什麼都很輕易，包括學點字。

如果我可以將地上的字變成點字，不知道爸爸閱讀後，他會讚賞我還是責罵我呢？

我去廁所小便和洗手，馬桶壞了，沒有錢修整。阿婆以前經常罵我揭起廁所板小便後不替她放下來，有時罵我忘記沖廁，馬桶沖水掣壞掉，被罵後只好沉默，我漸漸明白父親為何整天沉默不語。現在沒有人罵我，也沒有人洗廁所，我和爸爸各自忍受臭氣沖天的廁所，直至他忍不住動手清潔為止。

同學的羣組又討論出去佔領的事，他們會發現我寫的字嗎？學校會知道我寫字罵誰？中學同學不知道我的家庭背景，加上不少同學來自單親家庭，沒有人像小學那樣取笑我。如果阿婆未死，她可以出席我的中學家長日，應該沒有人笑她老的，不過，她已經死了。

望向地上的文字，我將姓名寫成大大隻字，那個畫花的女孩要知道我的名字，早已知道，我還是抹去名字的好。想到這兒，連忙去廁所找來抹布，弄濕後，跑到街上去。

我不斷用布刷去我的名字，以免惹麻煩。在我刷去名字的時候，四周多了幾個黑影，有人將我扯起身，說了一堆話，無論我怎樣解釋都無人理會，硬要將我帶

走。

一夜之間，我的世界變了。家裏的人來了又去，律師不斷教我別説話，無論跟任何人都不要説話，所有説話都要由律師代説，直至十多日後上法庭後，才可説話。這段期間，不要在網上留言，刪除再刪除以前在網上留下的東西。

爸爸如常沉默，他在視力衰退後才學點字，然後愛上點字似的，好像發現另一個世界，他的手總在點字書上，我不知道他想什麼。我以為點字書才是他的親人，我不是，直至裁判官判我入兒童院時，我看見爸爸流下眼淚，他應該是為我流淚，而不是為了點字書流淚。對他來説，我依然比點字書重要。

律師説家裏的空氣太差，其實全屋都是廁所的味道，只是我們早已習慣，外來的人不習慣。律師問我可否開窗，我點點頭，走到窗前，看見馬路車來車往，一切像從來沒有出現似的。

我用力推開窗，但沒有推動，律師前來推窗，結果仍是一樣。

「你家的窗太久沒有開吧，窗框和窗花都生鏽，不能再推開……」

過了一天，有個自稱謝叔叔的男人前來，爸爸外出，我覺得好悶，想有人跟我聊天，明知他說謊，依然開門讓他進來。

他沒有說謊下去，很快給我名片，他是記者，名叫謝國鏗，他說幫助我的，希望我為這件事寫篇文章。網上有許多人關心我，但懂得找上來的，只有他一個，我答應為這件事寫文章給他。

爸爸回家以後，跟他說有個記者要求我寫文，他說對我好，對事件也好。爸爸致電律師後，跟我說寫一封公開信放上網已經足夠，寫好後先給律師看，他不用看。

我想了許久，在十四歲的人生之中，這是最重要的一篇文，寫得不夠好，但我已經盡力。

給關心我的各位哥哥姐姐叔叔姨姨：

大家好，我是粉筆字少年。被捕後，得到不少人的關心，我很感激。

我只是十四歲的普通中學生，我和家人無法應付這些事，希望大家給我們一點空間，我會謝絕一切訪問，留在家中進行思考。

我會繼續努力讀書，不會辜負大家對我的支持及期望。

多謝大家。

粉筆字少年上

（我原本寫會繼續爭取香港公義和獅子山精神，但律師建議我刪去，所以，我刪了那段。）

第二章

兩個阿戚

在尖沙嘴採訪後，接到上司指令到旺角走一圈，繼續寫留守的小故事。

沿彌敦道走，很快走到最熟悉的麥記。童年時，爸爸曾帶我到普慶戲院看戲，跟我説以前是大戲院，爸爸在附近讀中學，星期六回校參加興趣班，放學後會跟同學去普慶看場兩點半。他在那兒認識第一個女朋友，我知道不是媽媽，散場後，他們會過馬路到麥記食杯新地雪糕，才各自回家吃晚飯。

爸爸那天心情特別好，帶我到商場內的迷你戲院看動畫，然後才去麥記吃兒童餐。他説爺爺來香港後，還會到舊的普慶戲院看大戲，那時戲院門外有熟食檔，觀眾可以一邊看戲一邊飲食的。

沒多久，迷你普慶戲院也結業了，每次經過，總想起爸爸絕無僅有的笑臉。

沿彌敦道走到油麻地，馬路堆滿鐵馬，沒有汽車駛過，環境寧靜，空氣也好。為了發掘新聞故事，我細看四周的轉變，驀然看見馬路上有粉筆字，字體歪歪斜斜，可見是很少寫字的人寫的。隨手拍照後，繼續前行。

近年多用電腦鍵盤打字，其實，我也變成很少寫字的人，儘管我的職業要每日寫許多字。

這年頭的記者都用手機拍照和寫字，可以即時傳送，遇上重大事故，網上版已成兵家必爭之地。然而，運動由初期充滿動感的畫面變得靜態起來，恍如無止境的等候，我們只能在佔領區找尋獨特的故事。

每日都有內地遊客去旺角拍照，大家可以在馬路跑來跑去，香港的馬路從來沒有馬車走過，開埠以來，只有汽車在馬路馳騁，頂多有人力車和單車在馬路邊緣走過，馬路從來都不可讓人停留的，除了這幾十日。

有個角落名為「趕膠所」，用同音異字諧音諷刺，看見兩個菲律賓女傭在那兒拍照，一個先拿相機，另一個站在牌下擺姿勢，然後交換位置。她們應該不知道那塊牌上的中文意思，但她們看來是那樣開心的，也許首次走到馬路中心拍照。

經過沒有人溫習的閱讀室，還有一排露營帳篷，不少掛上字牌，有個寫「地盤佬撐學生」，有個寫「尚未完結營」，還有寫「有人，請勿拍照和騷擾」，一切如常，沒有故事。

彷彿走了一段冤枉路，我還是折返往油麻地方向走，看見有人蹲在地上畫花，重新細看地上的字：

「香港人要站出來！

起來！

用行動拯救將

被失去民主自由

公義良知的一個社會！

香港的出路

香港獅子山精神

香港人風雨同路

永不言敗

現在是一個時機

時勢做英雄

真英雄

愛港市民

KENNY CHU
朱浚偉」

那是用粉筆寫在馬路的字，沒有超出一條行車線的範圍。從字迹和語氣可見寫字的人年紀不大，出世的時候，已經沒有《獅子山下》劇集，頂多聽過歌手合唱的主題曲。雖然我都沒有看過那套劇集，但報館資料室有許多相關剪報，網上重看也很容易。在地上寫字的人應該比我年輕，才會誤會獅子山下精神是獅子山精神，《獅子山下》的背景是望得見獅子山的廉租屋，那是低下階層的故事，宣揚守望相助精神。

特區高官不斷宣揚獅子山下精神，要普羅大眾接受不合理的現象，真是可笑，他們的説話隨時會改，好像粉筆字一樣會隨時勢抹掉。

地上的粉筆字不知什麼時候寫的，只要一場大雨，足以清洗得不留痕迹，甚至有人走來走去，那些字也很快消失。看來沒有人願意踐踏地上的字，粉筆字依然清楚。

我問在附近用粉筆畫花的少女可是她寫的，她看我一眼，好像聽到世上最愚蠢的問題，嘴角稍稍扯向上。我以為她不會回答，卻聽到她説：「明顯是男人名字吧。」

不得不承認脱節，我猜不透這羣少男少女的想法，無法估計他們的反應，以為沒有禮貌的，言行不失尊重，以為有家教的，又會冷漠無禮得嚇人。像我這樣的大叔更加無法明白少女心事，想問她為何不停在地上畫花，又怕她嫌我的問題太蠢。

我是文字記者，卻習慣用手機拍照，或錄音，不再筆錄，也許我蹲下來用粉筆寫字，字體不會比那個朱浚偉好。

走了半天，轉入橫街的茶餐廳吃飯，聽到茶餐廳夥計談論留守街上的學生和市民，我得承認喜歡聽市民心聲，如果高官肯接近市民，應該知道怎樣做好本分的。

我坐近廚房，看見有個五十多歲的夥計跟做水吧沖茶的阿姐閒聊，不停説他們一定收錢才出來，重重複複，跟新聞報道所見的公眾人物説的話差不多。

阿姐唯唯諾諾，經常借工作轉過身來，背住夥計不理會他。夥計繼續重複佔領者搞亂市民生活，一定收

了錢，說不定有外國勢力入侵。我吃罷整個常餐，阿姐依然嗯唔哦嗯嗯的回應，我才想到她的想法不一樣，只是無意跟日日見面的同事衝突，並不反對他的看法，甚至讓他感到自己是認同的，儘管心裏的真正想法相反。

離開茶餐廳，看見兩個男人在後巷垃圾桶前閒聊，剛剛想抽口煙，走到那兒跟他們站在一起。自從室內禁煙後，不少人站在街上圍在垃圾桶四周抽煙，煙霧瀰漫，坊間戲稱為打邊爐，好像一齊食火鍋。

兩個男人有一搭沒一搭的傾談，很快知道他們是茶餐廳東主和夥計，穿白色上衣制服的胸口印有茶餐廳名字。

兩人不停嘲笑一個夥計愚蠢，就是跟水吧阿姐閒聊的大叔，他名叫阿成。東主說阿成這種人，整天活在自己的世界，識少少扮代表，聽收音機的人說的就當是真理，還以為看透政治世情。

夥計問東主為何不點醒阿城，好讓他少點在茶餐廳講廢話。東主手上的煙已抽到尾，輕輕一笑，將煙丟進垃圾桶頂的有水煙灰盅位，然後反問為何要教精阿

成。「控制蠢人容易得多，他們根本不知現實世界是怎樣的，叫他們做什麼就做什麼，只知最低工資，不知市價，這種人凍薪易，扣起福利又不知道，活該捱死一世。」

夥計見老闆丟下煙蒂，不理會手中的煙還有半截，連忙狠狠地多抽幾口，將煙放進煙灰盅。不知他可有兔死狐悲之感，只見他連忙跟隨東主從後門走入茶餐廳。

後巷只餘下我一人面對垃圾桶抽煙。想起他們口中的阿成，就像這城千千萬萬個大叔一樣，不知道自己一直被上層剝削，當有人為大家爭取權益的時候，反而責罵要求公義的人搞亂社會秩序，妨礙他們繼續被人剝削。

這樣的人，由朋友的父母輩到受訪者以至公司的老臣子，我都遇過不少。他們覺得被上層賞識器重，公司很重視和需要他們，忠心耿耿，從來不理會行業變遷，遑論社會變化，只管活在自己的狹隘空間，不容別人影響他們的日常生活。

大學的新聞系只收成績最好的，許多行家入學時滿腦子揭露真相，改變社會，要這個世界因為我付出的力量而美好一點點。然而，上班不夠一個月已經被現實打沉了，許多寫法不能見報，可以見報的已經變成和稀泥一般的東西，別說稜角，連鈍角都沒有。有些老讀者還會寫信投訴我們太尖銳，或偏幫抗爭的平民。事實剛剛相反，報紙是老闆私人財物，見報的報道都只會偏幫當權者，頂多少罵大幫忙。夥計阿成也許是忠實讀者，他說的言論跟權貴的一方一樣，那是傳媒集體偏幫權貴，形成普羅大眾的偏見，難道叫阿成看薩伊德的《知識分子論》嗎？

我讀中文系，並非讀新聞系或傳理系，以前的上司讀法律系的；反而不少讀新聞系的資優畢業生不願入行，或入行後很快轉工，這是要求極高而薪金甚低的行業，很難留住人才。

不少上了年紀的人被自己的固有想法所困，接收大眾傳媒的資訊就當作知道全世界發生的事，如果我認為阿成愚蠢，我就是有份令他們愚蠢的人。

有個舊同學轉做花蟹哥主管的新聞機構，當日人人替他高興，那是接觸最多市民的新聞渠道。不過，大家很快知道全部新聞都經花蟹哥主管河蟹掉，河蟹即是和諧，可以踐踏無權無勢的人，不能令權貴不高興，那個同學做了幾年，已經變成另一個人。

嗯，我竟然站在後巷胡思亂想，任由香煙燒到尾，忘記多抽幾口，真是浪費。現在的煙價愈來愈貴，我的工資快要連煙都抽不起了。

我們以為可以改變社會，卻被社會改變了。

回到報館，急於寫好特稿，翻看電腦舊檔案，決定先寫阿成的故事。

為了讓故事更立體，我將兩個阿成的事情寫成一篇，一個是茶餐廳阿成，被資方剝削，依然認為自己是老闆的心腹，還四處教訓比他遲入職的人。

另一個是酒樓阿成，他知道老闆待薄員工，訂了貴價食材和拖欠多月工資後，就會突然拉閘結業。員工申請破產欠薪保障基金得回大部分欠薪後，同一老闆就會再開酒樓，稍為改變酒樓名字，聘回大部分員工，經營幾個月後，又可重施故技，再賺一筆。

阿成在酒樓工作多年，知道僱主給他們的薪津低於市價，跟同事說起來，個個都說僱主刻薄，對他們太差。阿成建議一起跟老闆談判，雖然他讀書少，但知道集體談判有效的，樓面和廚房的員工都說好，只有新來港的幾個清潔阿姐怕事，不願參與。阿成認為勞方有足夠條件和理據向僱主據理力爭，豈料老闆跟大廚和部長傾談後，大家放棄按章工作和談判，認為只是阿成搞事，老闆待他們很好。

阿成遭解僱後，酒樓東主繼續待薄員工，不過，所有員工不敢再要求合理薪金，以免自己變成第二個阿成。

上司看大版的時候，讚賞我的特稿寫得好，我說只不過是寫出事實。上司說這篇特稿可說是以小觀大，這個城市都有這樣的阿成，一個阿成努力爭取應有權益的，一個阿成批評和阻止別人爭取應有權益，他們都是被壓迫的人。

坐在回家的巴士上層，我已經疲倦得睜不開眼睛，但手機的訊息已經多到爆炸，我只看A班羣組的，有時留言。我在最前線看這場運動，沒有部分同學的樂觀，香港人還是怕事的多，茶餐廳阿成的數目遠比勇於反抗的阿成多。

待我準備寫粉筆字的故事時，網上的訊息已經不斷洗版。有個十四歲少年因為在地上寫粉筆字被拘捕，警方為少年申請照顧或保護令，由於少年來自單親家庭，家裏只有失明的父親，法官判他入兒童院三星期，等候案件排期審訊，全城嘩然。

由於少年姓名保密，我不肯定是否我見過的那個名字，只知晚上有場驟雨，地上的字已經消失，不留半點痕迹。

上司經常教我們要懂得相關的法律來保護自己，記者下筆前要記得誹謗罪的定義。然而，熟悉法律的上司卻未能以知識自保，因為世上有犯法的人！他教我們報道事實惹來橫禍的自保方法，但大家都不知道因工作遇襲應如何應付，我們做記者的其實沒有保護自己的能力。如果法庭有照顧或保護記者令，我都想有人幫我申請保護令。

高官又搬出獅子山下精神要市民同舟共濟，好像極權國家都愛用白色的牆壁，假裝中立和完美，實際是空白和容不下反對聲音。

著名律師代表少年上訴，加上太多市民反對和網上聯署，少年住在兒童院一晚後，法庭准許少年離開兒童院，由律師和失明的父親陪同回家。即使沒有公布少年資料，單憑他的背景，知道他是誰的人也不少。

我以「朱浚偉 Kenny Chu」在網上搜尋，總算有點運氣，很快找到少年背景，確認是同一個人。也許我比行家更快知道他的身分，他的父親原為建築師，因為遺傳病而失明，跟少年靠積蓄和傷殘津貼維生，住在自己的唐樓物業。

寫篇少年獨家專訪一定吸引，我決定走到少年的家探訪他。直接説是記者，受訪者一定提防，不如認作他父親的舊朋友，後天失明的人未必認得出舊朋友的聲音，完成訪問才表露記者身分也不遲。

無緣無故想起茶餐廳阿成，我好像變成另一個阿

成，覺得自己做的永遠正確，只要有獨家料爆出，不必理會用哪種方法採訪回來的。或者是我心虛，我懷疑主管和同事在戶外煲煙時，同樣會恥笑我無知，不斷寫不斷寫的全是謬論廢話。

我到少年的家叩門，大門打開防盜鏈可以容許的角度，聽到少年問：「找誰？」

「我是謝叔叔，偉仔，你記得我嗎？」

少年鬆開防盜鏈，打開門問：「邊個謝叔叔呀？」

「你小時候我帶過你去公園玩的，忘記嗎？」我走進室內，想起報館統一用「爭」取工資，因為賺字可以解作欺騙，例如賺門，我就是賺門而入。

「你找爸爸嗎？爸爸外出散步呀。」

「剛巧經過，上來跟你閒聊。」

「好啊。」偉仔說。

我說的明顯是謊話，但偉仔完全沒有懷疑，不知道他太寂寞，還是太易信人。

「你幹嗎寫粉筆字呢？」

「支持英雄，支持獅子山精神。」

「被捕時害怕嗎？」

「不害怕。」偉仔想一想說：「你是記者吧？」

「嗯，是，你怎知道？」

「我未見過爸爸有朋友來探望他，也沒有見過你，你裝什麼謝叔叔呢？」

我給他名片，說：「我真是謝叔叔，不過，在你眼中也許是怪叔叔吧。」

「律師說我要保持低調，不能跟你說話的。」

「你可以寫篇文章，我們隱去你的個人資料刊登。」

「有用嗎？」

「印刷的文字比粉筆字長久。」

「好啊。」

「你那麼容易信任人嗎？」

「信人有錯嗎？你是好人吧。」

我一直相信自己是好人，但在這刻，我不敢肯定回答。

第三章

看不見的城市

「再酌酒，奠妹你妝台，願妹你前來鑒我一杯，飲過此杯離苦海，等你早登天界係直上蓬萊。哭極咁多唔見你會，莫非你將我情義當係薄倖王魁，此情一去難復再，我胸前一拍自見癡呆……」

耳機再度傳來白駒榮的《地水南音》，那是近乎失傳的行乞音樂。當我連白天和黑夜都無法分辨以後，驀然明白失明乞丐為何唱南音討錢，聽過一遍以後，不時在手機重播，尤其在想起她的時候，總想多聽一遍。

她應該死了，我知道，她一定在外國遇上意外死去，才會音訊全無。要不然，以她的性格，她會悄悄回來看看偉仔，也會跟她的母親一聚，但她沒有。我不應跟她吵架，也許，倒轉來説，我不應在她罵我時沉默不語，令她吵不起來，一怒之下離去。那種離開只是一時衝動，不會自此一走了之，相信她已經死去。

偉仔出世的時候，我確診視網膜色素退變，遺傳的，醫生估計爸爸有同樣病變基因，只因他早逝才沒有人知道。

我的樣子已比父親離去時滄桑，父親永遠年輕，而我不斷老朽下去。幸好，我已經看不見自己的容貌。

童年回憶色彩鮮艷，總是開心的。我記不住灰暗的日子，只記得天特別藍，雲格外白，整天聽到別人讚賞：「啊，這孩子長得好可愛，年年考第一，未見過那麼聰明的男孩，將來成就大業，許多女孩子為他傾心……」

大人的預言一一落空，沒有許多女孩子為我傾心，只有一個。從小相信世上有許多美好事物等待我，直至確診那刻，我方知道走下去只有黑暗。近年對她的記憶日漸模糊，開始由影像變成聲音，我記得她的聲音甜美，後來變得尖鋭。每次吵架，她都是尖起嗓子來罵我，然後哭泣，我沒有反駁，她罵得很狠，然後哭得更兇，再罵再哭，沒完沒了。

幾經辛苦找來關於《地水南音》的點字書，點字比較簡單，一個點字代替所有同音字，盲人不用分辨同音異字的。《地水南音》只有短短的歷史，清末民初時期，廣東沿海一帶的草根市民謀生不易。盲人別說找工作，連行乞都比開眼的乞丐更難，只好拉二胡唱南音，到煙花之地討錢，唱的都是妓女和嫖客的恩恩怨怨，歌詞粗俗，最流行的就是嫖客為早逝的妓女燒衣的《男燒衣》。另一首較多人留意的《客途秋恨》同樣為討飯而唱，這樣的歌聲自然不入粵劇主流，那樣下賤的歌，滄桑悲涼，自有動人之處，漸漸變成現在我唯一想聽的。

以前只聽英文歌，對廣東流行曲完全沒有興趣，聽英文歌有型得多，讀理科又懂得聽英美的 Rock、Punk、Hip hop、Heavy metal、Band sound...... 連自己都覺得自己特別，穿上皮褸的時候，以為全世界的人都看過來，其實只有她整天看見我，其他人當我透明。

跟朋友喜歡出入 Pub、Lounge 和會所等地方，要是認識的人只聽 CantonPop，就會心生鄙夷，聽英文歌跟聽廣東歌的是兩個世界的人，每句說話不夾雜幾個英文單字已經不夠型，誰要聽四大天王那樣老土。

在平凡的上學日子，驀然，我看見她的臉，如遭電擊，大腦空白一片，全世界只餘我和她似的。

她是鄰班的文科生，我是理科生，以為人生只要足球和數學已經足夠，她讓我知道人生還有電影和咖啡。許多年後，當我聽到財爺認為看法國電影和飲咖啡就代表中產階層的時候，不覺一怔，將手中的一包三合一咖啡全部倒在地上，我是這樣懷念她。

我相信她已經死了，若非如此，她不可能不回來看看她的兒子和母親，甚至偷偷看看我。我經常在夢中跟她一起，她總是穿校服跟我一起去看電影。那時候，她最喜歡梅艷芳和張國榮，我陪她看了三次《胭脂扣》和五次《阿飛正傳》，她總是專心看電影，我總是專心看她的側面。

她經常笑我遠遠不及張國榮好看，我笑說我的數學成績應該比張國榮好的。每次這樣回答，她都會笑起來。我們的對話是如此無聊，又如此充滿歡笑。

她最喜歡的歌是 *Longer*，老師推薦她參加校園歌唱比賽為她選擇的，她贏得冠軍，認為 *Longer* 是她的幸運歌曲。在異國星空下，她為我清唱這首歌，那是我一生中最美麗的晚上——天長地久，讓我相信我們一生一世地久天長，可惜一生沒有我想像的長久。

她的聲音清脆悅耳，難以想像她提高嗓子罵人時，動聽的聲音會變成指甲刮在黑板的尖鋭聲響，每次都令我驚慄和痛苦，刺耳得我無法聽到內容，完全不知道她説什麼。我從來不明白她的責罵，只想聲音消失。聽不到每句話的意思，無法回答，只好沉默，但我的寂靜無聲換來她更尖更響的噪聒。後來，她動手打我。

我理解她的痛苦，她嫁的是青年才俊，同事和朋友都羨慕她。婚後才知我日漸步向失明、失業以至失去一切。她以為我欺騙她，但我沒有，我沒有想過自己會病，不知道晚上視線模糊是視網膜開始變異，沒有留意視野日漸收窄，以為讀書捱通頂太多，眼睛疲倦。婚前完全不知道自己有遺傳病，她認為我早已知道。如果我早已知道，一定不要孩子。

她常説親友開始同情我們，外母由整天跟人説女兒嫁得好變成不提我們，她主動疏遠朋友，整天説朋友在背後取笑她。我以為她會陪伴我步入黑暗，但現實並非戲劇和小説，她變成另一個人。也許，因為我才會令她變成另一個人，但我無法補償，明知會逐漸失去一切，只能束手無策的等待，等待失明，等待失業，等待失去社交圈子，等待失去生命。

「聞得妹你話死咯，我實在見悲傷，妹你為因何故，搞到自縊懸樑，人話你死呢，我尚思疑，我唔信佢講，今日果然你死左咯，我實慘傷……」

外母喊她阿妹，那是她的乳名，第一次聽到時，取笑阿妹像村姑名字，她連嗔帶笑的罵我，那樣的責罵是打情罵俏，她的聲音如銀鈴動聽。

父母相繼病死，我竟然沒想過是遺傳基因缺陷。外國明星安祖蓮娜祖莉有家族遺傳的乳癌，預先接受切除乳房手術，然後切除卵巢等高風險患癌部位。然而，即使我預知失明，依然不能做任何事，偉仔可能同樣有遺傳病變，但不用檢驗，反正知道和不知道沒有分別。

每次有異地天災，外母都特別緊張的留意新聞報道，偶爾歎氣，怯怯說夢到阿妹。

我知道，她已經死了。好像二十三年前的電視劇《大時代》，我們放學回家追看，然後傾電話。雖然看翡

翠台是多麼俗套的事，我跟人説只看明珠台的，但她喜歡追電視劇，我陪她看，增加話題。她説劇集死人多，不大吉利。我説現實總是這樣，如今重播，現實依然如此，面對壞人，大家心裏會罵「咁多人死，又唔見你死」，但很少人會説出來，我是大多數只敢在心裏説的人。

電視劇可以重播，但人生不可以。我早已不能看電視，但每日聽到的娛樂新聞仍是關於《大時代》，好像電視台在二十三年前已經死去，現在回魂。

視力消失得比我想像中快，確診後，醫生説病情發展因人而異，大多數人在十年左右完全失明。我以為可以多工作幾年，但很快看不清楚圖則，無論用電腦將圖則放到多大，依然看不清楚幼線和數字，上司待我仁至義盡，我要辭職，上司為我籌謀，將我撥入「肥雞餐」裁員之列，讓我得到額外補償。可惜，好人沒有好報，上司後來買債券輸掉半生積蓄，虧空公款入獄。

即使我拿到「肥雞餐」遣散費，沒有收入，始終會用完的。她開始為金錢罵我，害怕沒有錢供偉仔讀大學，但她連偉仔的小學畢業禮都沒有參加。我努力求職，然而，沒有人聘請。我開始在家買賣股票，透過電腦放大字體看財經消息，加上聽收音機，起初賺錢比昔日月薪還多，以為自己是天生股神，大手買入一隻內地股票，沒多久，那公司停牌。

現在的內地股票可以在一日內由十多元升至過百元再跌至個位數，香港的監管機構只能監管本地企業，稍有異動就要交代。然而，內地大炒家根本不理會香港的制度，賺夠就走，捉不到他們，捉到的也只是花錢買來的替身。

如果我有錢，結局應該不一樣。

「妹呀，你死因銀幾十兩，把我舊情一旦付落水茫茫……」

預知會死，但死亡仍是恐怖的。預知失明，但活在黑暗世界，依然無法適應。有時以為色彩繽紛的夢想才是現實，醒來的漆黑只是噩夢。我每次張開眼，看見的盡是黑暗，只有閉上眼睛，世界方明亮起來。

我記得偉仔出世時粉嫩的臉，然後，他的樣子漸趨模糊。外母説他的樣子跟我一樣，每次聽到別人説他長得像我，我都感到恐懼，我怕他像我一樣有遺傳基因缺陷。當日努力讀書，相信四仔主義，車仔、屋仔、老婆仔和仔仔，一一得到，一一失去。中學時花許多時間背默那些考試後即時忘記的資料，真是愚蠢，我竟然沒有跟朋友踢波，沒有去舞會，沒有遠足，只有讀書。

偉仔讀書成績一般，他沒有花時間在自己不感興趣的事上。我任由他，心底裏希望他學一門手藝，即使失明都可以謀生的，有意無意間鼓勵他學習占卜算命和按摩。

這個單位已經殘舊，那是父親買的舊樓，升值多倍，我買的樓卻遇上金融風暴變負資產，低價賣掉。我沒有任何東西留給偉仔，只餘這層舊樓。樓下是馬路，人多車多，非常嘈吵，即使關上窗都聽到喧鬧，只有幾個月靜下來。

這段時間讓我異常不安，這城市的人都忙於賺錢，從不關心政治，任由政府將人趕入困局，然後要下一代承擔。父母為逃避暴政而來，我竟然將孩子送回暴政手中。非常後悔將他帶來世上，不敢面對他，不知跟他說什麼才好，只好放手讓他選擇自己的生活，讓他看清楚這個世界。

從不了解別人的世界，無論父母、外母、偉仔還是她的，好像每個人都有些家人，大家理所當然的一起生活，但我不知道他們的想法。或者，我連自己有沒有想法都不知道，只知道我做過的事都有人讚好，升讀著名中學，拿獎學金去外國名牌大學讀書，跟美麗的她一起，我們的婚宴可以擺數十圍酒，外母非常滿意，當日坐滿整個宴會廳的賓客都給我們祝福，他們還記得我嗎？

偉仔跟我用手機聯絡，他留言，我聽。我留言，他聽。其實沒有那麼多話要說，不外是家長日，或者需要額外的零用錢。在這樣的環境長大，他比我想像乖巧，沒料到接到警方來電，跟我說他已被捕。

我一直追求世間美好事物，喜歡名牌西裝，手工和剪裁一流，穿上的感覺是不同的。剛剛回港執業那段

日子，日日有節目，天天有美酒美食美女，不是到會所跟朋友慶祝生日，就是到酒店聽歌飲酒，久不久跟律師朋友乘律師行的遊艇出海，大家盡用公司資源和福利，個個額頭寫上青年才俊，認為十年八載後，我們會有自己的遊艇和會籍。我忙於工作和娛樂，不曾留意親戚愈來愈少，沒有想過父母的早逝是遺傳基因缺陷，雙方應有複雜的家族病史，但已經沒有多少人留在世上，為什麼我還要帶偉仔來到這個世界呢？

讀書的時候喜歡看梁朝偉，給兒子改名浚偉，簡稱偉仔。多少年過去，香港的紅星仍是偉仔那一輩人，香港新一代的機會愈來愈少，生孩子是我一生做過最錯的事。

香港人買樓從來不容易，但殖民地政府有大建公屋的德政。房屋政策反映政府對待基層市民的心態，説謊哄騙市民是花招，興建屋邨讓市民安居樂業才見真章。殖民地時期政府興建廉租屋邨，九龍的蘇屋邨依山而建，環境闊落，裝修平實；華富邨位於薄扶林，景色怡人；大坑勵德邨更是令人讚許的案例。鄔勵德

（Michael Wright）是英國建築師，半個世紀前任工務司和房屋協會委員，帶領興建屋邨，每個單位有獨立廚房和廁所，成為「鄔勵德原則」（Wright Principle），勵德邨就是紀念他而命名，若他在天堂看見現在的香港處處是環境惡劣的劏房，大概會訕笑香港人比英國人更懂欺壓平民。

接過警署的電話後，我主動致電警署確認事情，這年頭的騙案太多，失明後更不願被人作弄。多麼希望那是騙子電話，沒料到是真的。只好拿起失明手杖，徒步到旺角警署去。

我問警員偉仔犯了什麼事，他回答偉仔在地上用粉筆寫字。隨即想起極權政府喜歡用淺色的牆，讓城市變成監獄那樣整潔的地方。市民在牆上寫字會即時拘捕，政府是單向式管治市民，市民不能用任何形式跟政府溝通。反之，自由社會將塗鴉發展成藝術，在牆上寫字也不會突然被消失的，我真的不應將偉仔帶來這樣的世界。

失明前未去過警署，失明後也沒有，不知實際的

保釋程序，只好帶備充足現金。走在熟悉的道路，馬路沒有汽車駛過的聲音，換上不同的爭吵聲音。我無意細聽，一直走一直走，不用再留意過馬路的交通燈聲音訊號。

「小心啦，盲佬！」喝罵的男聲響起，相信是手杖碰到路人的腳背，我連忙道歉，對方無聲無息的走遠，沒有再罵，也沒說不介意。

從油麻地走到太子只有兩個港鐵站距離，我感到異常遙遠。一方面擔心偉仔，一方面想起小時候跟父母逛街的情況，然後想到曾跟她在附近多間戲院看電影，那些戲院早已一一結業。

「前面有新加的路障，小心，你要去哪兒呢？」溫文的男聲在耳邊出現，我停下腳步，說:「旺角警署。」

「順路，我陪你去。」他將我的手放在他的手臂，讓我輕觸他的手臂，幫我拿手杖，應是熟悉帶同盲人上街的。

「去警署報案嗎？」他問，我沒有回答，專心走路，我知道他走的方向是對的。

「最近好亂，尤其是亞皆老街的十字路口，經常有藍黃人士吵鬧推撞，你下次乘搭鐵路，別走在街上，以免亂起來被撞跌受傷。」他說，我點點頭。

「差不多到了，要我陪你入去嗎？」

默默走了半天，一直留意他的手可有接近我放錢的口袋，以免被裝作好心的騙徒偷錢。聽到他說到了，相信他真是好人，說：「不用，謝謝。」

男人帶到我去警署門口，把手杖交回我的手說：「前面有石級，推門就是警局報案的地方。」

我點點頭，走進警署。

經過繁瑣的手續後，我才可以坐在偉仔旁邊，他只有十四歲，要家長陪同落口供。他們說我是盲的，不能照顧偉仔，要將他轉交男童及青少年院照顧。我即時反對，讀書時看過《苦海孤雛》和《監獄風雲》等電影，不能讓偉仔失去自由。

偉仔在地上寫粉筆字，這就是警方控告他的罪名。他們欺負我是盲人，如果我仍是建築師或測量師，即時致電律師朋友幫忙，誰敢提出申請兒童保護令，誰

敢要偉仔入住兒童及青少年院？

在黑暗中獨自掙扎，我無力反抗。

據說是網上的陌生人幫忙，偉仔入住兒童及青少年院兩日後，有義務律師幫助偉仔在高等法院出庭打官司。法官原本判偉仔入兒童及青少年院三星期，後來可以獲准保釋回家。我在法庭聽到宣判，流下眼淚，我竟然要別人幫忙才可以保釋兒子，當年那麼辛苦讀書，考入名牌大學又有什麼意思呢？

偉仔回家以後，彷彿長大了，變成有承擔能力的男人，主動跟我談話，建議看戲。他說近年有電影為失明人士而設，由專人說出沒有對白的動作，很受失明人士歡迎。

我不想看那種電影，跟偉仔說很久沒有去過戲院，可以去電影中心看場戲。電影總有配樂，沒有對白時，大可想像。

偉仔選看 *Still Alice*，我問譯名，他用手機上網，跟我說香港譯做《永遠的愛麗絲》。

以前入戲院前後座有分別，現在沒有，坐在椅上聽戲。主角是教授，專業人士患腦退化症才是電影，如果愛麗絲是清潔女工，沒有多少觀眾有興趣看基層人士如何面對日漸消失的自己吧。

建築師的故事會比行乞的吸引，但失明的建築師就什麼都不是，唱歌討飯的盲人仍是瞽師。如果妓女是世上最古老的行業，瞽師也算是尾隨而來的職業。因為尋歡作樂的人不願讓人知道自己放浪的一面，所以，妓院多聘瞽師奏樂，瞽師看不見任何人的臉，嫖客才覺安心，開眼的人無法跟瞽師競爭的。

我明白偉仔選這套電影的原因，他想安慰我。我失去視力，愛麗絲失去記憶和認知能力，相比起來，我還是幸運的。我最討厭這種自我安慰，但我沒有跟偉仔說。

電影最後的歌聲溫柔悅耳，讓我想起聽英文歌的歲月：「如果我有隻船，我會出海，如果我有匹小馬……」

If I had a boat
I'd go out on the ocean
And if I had a pony
I'd ride him on my boat
And we could all together
Go out on the ocean
Me upon my pony on my boat

單是聽歌，我已經知道電影的畫面很美。

回到家裏，我在房用耳機聽南音。偉仔問我聽什麼，我放下耳機，兩父子一起聽白駒榮的《客途秋恨》，偉仔說不明白歌詞意思，我說我也不明白。

「又見秋水遠連天上月，團圓偏照別離身。水月鏡花成幻夢，點解茫茫空色兩無憑。」

第四章

海拔三千米星光

四周的人都喜歡談論韓劇。韓國的流行音樂和偶像已經紅遍亞洲的時候，每次聽到同事談韓星，我都是靜靜坐在附近，表情像聆聽他們說話，實際上只有軀殼存在，靈魂已經不知飄到哪個星球了。

同事愛說劇中的外星人，外星人在同一地方活了四百年，那兒由漢城變成首爾，只要活得夠長，買地投資已可致富，那樣的角色當然討好。外星人讀書四百年，無論做教授還是醫生都易如反掌，永遠年輕，永遠善良，還有超能力，當然比地球人吸引。

這樣的外星人故事，總讓我想起從小感到自己不屬於這個星球，有次找尋文件，發現自己中三那年寫的日記：

十二月五日　　晴

為什麼找一個懂得我的人會這樣困難？我好像流落地球的外星人，等待我的同類乘太空船來接我，帶我離開這兒。

我將那段日記用手機拍攝下來，不時重讀，回想當日的心情，只覺世界很大，但不知道可以怎樣走下去。我不願像我的父母一樣，整天吵架，卻不願分手……

中三寫日記的無奈心情不再復見，成長的困惑終於過去，提醒自己今天應該高興的。人總要尋找屬於自己的幸福，像文青重複村上春樹寫的小確幸，寒冬時飲杯熱朱古力，或在陽光普照的沙灘看書，又如穿上乾淨的衣服，一切可以讓自己開心的事都應該多做，儘管微不足道。

雖然公開試成績優異，但我決定不讀大學。十八歲生日過後，考取股票經紀牌照，走到證券公司工作，獨自搬到百餘呎的單位居住。

在別人眼中，我的選擇非常奇怪，但我從來沒有解釋，任由父母苦勸，朋友為我着急，全部不必理會。我只為自己而活，沒有必要跟大隊做其他人一樣的事情。

我早已知道工作比讀書辛苦，工作是掙錢，讀書是花錢，當然是掙錢困難得多。我不大喜歡證券公司的同事，相對來說，同事也不喜歡我，我知道他們背後稱我為外星人，行為古怪。遇上意見不合時，有個同事直接跟我說地球很危險，快點返火星吧。

知道同事怎樣說我，並不介意，也不到我介意與否，只是懷疑自己真是外星人。如果跟電視劇的外星人一樣可以活幾百年，自可累積財富，只要時間夠長，我想讀的學科都可以完成博士學位，趁低買入藍籌股和房子，財富和知識與日俱增。

這個世代變得愈來愈荒謬，以錢賺錢遠比用心用力賺錢容易。有錢有權的人掌握社會遊戲規則，大可利用規則偏幫他們，肆意剝削窮人，中產階層也不過停留在菁英美夢，實際是忙碌工作，賠上大半生時間。

現在的富豪資產可以分散在世界各地，即使有政治動盪和革命，他們都可乘搭私人飛機到安全地方富貴下去。

在證券公司工作，每日見小股民輸掉血汗錢，股市漸漸變成另類賭場，贏錢的永遠是莊家。小股民偶然

贏錢，要是繼續投資，不願將錢拿走，遇上股災就會賠上所有。股壇術語是贏粒糖輸間廠，由一九七三年股災至今，一代又一代的小股民總是變成大鱷的點心。

剛入行時，年紀最小又最新，經理安排我的辦公桌最接近股民，有點像接待員的位置。也許證券行很少年輕女子工作，幾乎每個人都喜歡跟我閒聊幾句，或請我飲咖啡吃零食，雖然我一一婉拒，但同事看在眼裏，已經非常生氣，不時走過去警告我。

「你別碰我的客。」強哥跟我說這句話幾十次，我每次都望他一眼，不理會他。

強哥跟其他同事開始杯葛我，讓我想起小學生活，以為小學雞才會玩杯葛，沒料到一把年紀的在職人士仍用這種幼稚的方法。我任由他們背後數落，無論我做什麼不做什麼，別有用心的人總可創作茶水間是非。

我從來不會稱呼那個同事為強哥，只稱他為李先生。明知對方討厭自己，還要裝作不知道，跟他客客氣氣。我漸漸明白社會如何改變一個人，如果在學校，我不會跟他多說一句，但在公司，始終會碰面寒暄，明知跟患上妄想被搶客症的人傾談，依然尊重他幾分，不知道應該稱為禮貌，還是虛偽。

剛上班時，我會出去吃午飯，但食肆都擠滿人，快餐店的人龍伸延到商場，只好買麪包或三明治回公司。公司規定員工要在茶水間吃飯，如果不在公園吃三明治，就要擠進茶水間跟同事一起吃飯。

公司分幾組員工，向不同的經理負責，我的一組同事有六個人，每日有兩三個同事帶飯。他們用微波爐弄熱飯菜，圍在一起吃飯，除了閒聊公司人事是非外，最愛談韓劇、日劇和內地劇，反而很少說及本地電視劇，我坐在一角吃三明治，聽他們說話。

莎莎姐年資最長，不過，從來沒說工作多少年。相信我未出世，莎莎姐已經在這兒上班，年年月月做相同的事說近似的話，漸漸變成公司一部分。

小曹在這兒工作三年，大家在背後稱他小曹子，暗笑他是小太監，侍候經理的態度就如小太監一樣，經理有時會暗地裏將大客留給他，關於這樣的遊戲規則，我認為不公平。不過，要我奉承經理又辦不到，所以，

小曹得到大客，也是另一種遊戲的公平。

同事跟小曹談天説地時，愛稱他小曹或好好先生，阿恩不曾跟小曹説話，小曹對客人落盤買賣非常緊張，緊張到生怕同事搶走他的客，整天神經兮兮。他看重這份工，更重視佣金，沒空理會對他事業沒有幫助的人。

波少的衣服全是名牌，不過，上班幾日後，已經知道他只有兩套衣服替換，一套是歐洲名牌西裝，一套是日本牌子的，兩套的袖位都有點殘舊，想是經常穿着的緣故。起初以為大家稱他波少，直至有個客人找他，喚他阿 Paul，才知道他是 Paul 少，而非波少，反正發音差不多，我隨同事讀音稱他波少，覺得更配合他稍胖的外型，有點圓，像個還未完全充氣的波。

波少常説他的太太為他準備愛心飯盒，不時在茶水間吃飯。上班一個月以後，知道他在發薪前已花光薪金，所謂的愛心飯盒只是隔夜飯菜，他為節省支出而留在公司吃飯。我初進公司都知道的事，相信所有同事都早已知道，但沒有人説破，大家還不時説波少幸福。

莎莎姐跟波少一起吃飯的話，開場白總以誇張的語氣說：「波少又有愛心飯盒啊，多菜少肉，真是健康。」

波少大多笑住回應：「莎莎姐的菲菲飯盒色香味俱全啊！」

證券行職員男多女少，還有一個近乎自閉的同事泰迪，獨來獨往，好像中學班房總有一個隱形人，即使一起讀書六年，你未必記得隱形人的名字和外貌。

全組最小心眼的是強哥，他很少在公司吃午飯，大多約客出外吃飯，整天令自己看來忙碌，但不見得業績理想，經常害怕客戶離棄他，另找經紀的。

午飯時間的茶水間就是莎莎姐發表韓劇評論的地方，波少經常跟莎莎姐看同一套韓劇，因為他的顧客大多是住在附近的主婦，每天買菜前後上來證券行看股票機，像上班似的，波少間中跟她們談韓星和韓劇，逗得不少主婦笑起來，買賣更加頻密。

小曹間中答腔，看得出他並不喜歡看電視劇，只是為了討部分客戶歡心而看。莎莎姐倒是不折不扣的韓粉，所有假期都用來去南韓旅行，行程只有購物和追星。

在母親的年代，迷戀偶像追星的少男少女是歌迷影迷，現在變成粉絲，跟波少的名字一樣，原是英文fans，讀着讀着就變成中文，還分出最忠心的鐵粉，以及用藝人名字為首的粉。如果我是紅星，宋美恩的粉絲會自稱恩粉，話時話，我的名字跟宋慧喬近似，生於南韓的話，做明星不用改藝名。

中學畢業以後，彩虹五貓很少走在一起，大多透過社交應用程式閒聊，我們有獨立的彩虹五貓羣組，又有A班羣組，前者會逐一細看，加入聊天。後者很少留言，甚至索性不看，實在太多人太多意見，無法細看。

彩虹五貓一直想相約外遊，但小敏留在紐約，我們沒有那麼多假期去紐約遊玩。阿雪、婷婷和美琪相約日本旅遊，看見她們有那麼多假期，讓我知道重返校園的決定是對的，連忙向公司請假參加。

阿雪喜歡看芥川龍之介的小說，建議到立山黑部和上高地，重走芥川龍之介走過的路。我們沒有異議，但美琪說國鏗情緒低落，想多點時間陪伴他，最終放棄旅程。婷婷出發前一星期發燒，連續幾日體溫稍高於正常水平，俗稱發低燒，原因未明，醫生表示可能免疫系統正在對抗病毒入侵。由於婷婷曾患淋巴癌，我們勸她留在香港休息，她在羣組留下三個哭泣表情符號，我留言會買手信給她，她留三個笑到流淚的符號。

雖然這次外遊只得我和阿雪出發，不過，我還是期待這次旅程，反正沿途可以跟大家保持聯絡，好像五貓同遊。

阿雪讀碩士之餘修讀日文，熟悉日本文學，她負責設計行程和訂房，我樂得放空大腦，跟隨她到處去。立山黑部冬天封山，只有幾個月可以上山。今年開山時間是四月十六日至十一月三十日，阿雪安排連接星期六日的假期前往，我只需告假一兩日。

由機場出發開始，跟阿雪有時談天，有時各自看書，好像中學旅行那樣，只是行程更遠。我們到達立山，然後徒步到室堂的旅館，房間非常簡陋，只有四堵

牆和放牀墊的壁櫃，沒有電視，提供給客人的娛樂就是八本書，包括《立山的花》、《日本秘湯》、《山上拯救隊》和《劍岳》等。

旅館住客都用走廊的洗手間，洗澡就要到樓下的溫泉澡堂。由於多滑雪和遠足的客人，房間都住滿人，最多人住的是十二人房，他們的背包都放在走廊，這種將個人物品隨處放的習慣，我只在日本見過。旅館客滿，仍然保持寧靜，風聲比人聲大。

當我準備沖身泡溫泉時，忽然聽到幾個男人大聲説笑，嚇到幾乎跌在地上，心想，莫非我走錯入男湯？

通常溫泉旅館分男湯和女湯，即是男性專用溫泉和女性專用的，大多用藍色和紅色的布簾分別寫明。我記得明明入女湯，難道這兒可以男女共用？

我望向溫泉，只見幾個女人和小孩，再聽清楚，發現男湯和女湯只有木板相隔，加上環境寧靜，隔壁男人閒聊的聲音就變成在耳邊説的一樣，才鬆一口氣。回房跟阿雪談起，她大笑起來，説她浸溫泉的時候，剛巧沒有人，獨享寧靜時光。

晚飯後，旅館有看星團，專人帶旅客到山上看星。我和阿雪第一次站在海拔三千米的雪地仰望星光，心情異常興奮。

這晚有幾顆流星劃過長空，我問阿雪可有許願，阿雪微微一笑，說：「當然有，我希望媽媽身體健康，長命百歲。你呢？」

「我希望股市大升。」

「怎會有人向流星許這樣的願望，流星一閃即逝，即使有能力保佑股市大升，也是短暫吧。」

「誰要長久，我賺一筆就辭職，想去外國讀書。」

「我選擇先讀書後工作，你選擇先工作後讀書，也許你才是對的。」

「不是。」我沒有說下去，以免破壞看星的心情。雖然不懂日語，依然知道領隊不斷教大家看星星和星座，我抬頭望向星空，滿天星星像圍繞我閃亮，阿雪也靜下來，享受這樣美麗的一刻。

回到旅館，大家已經很疲倦，然而，山上風大，整夜風聲，風聲一停就是真空似的寂靜。我不習慣太靜

的環境，感到耳朵有回音，無法入睡。

睡在附近的阿雪倒睡得香甜，很快傳來均勻的呼吸聲，相信她在美夢之中。

躺在榻榻米輾轉反側，想起這大半年發生太多事，當我在手挽袋扣上黃絲帶後，全部同事不再跟我談天，要是一起吃飯，他們會說「廢青」破壞社會，由那時開始，我寧願外出胡亂吃點東西，都不願回去吃三明治。

莎莎姐的丈夫是警察，她最喜歡責罵「廢青」，經常說「廢青」亂港禍港，令她連韓劇都沒有心機追看。

風聲呼呼不絕，我不但無法睡覺，整個大腦還充滿數字。工作多年，加上投資買賣股票，我已經儲到父母花半生時間都儲不到的錢，但我完全不感到快樂。在證券公司做經紀就如在賭場做荷官，每天見盡客贏錢輸錢，贏贏輸輸，最終連贏到的都全部輸掉。我只是因利乘便，順道幫自己買賣，手續費減半，可見公司恨不得全部職員投入股海，我有時根本不知道自己在做什麼。

跟阿雪吃自助早餐，見她精神煥發，對每種食物

都好奇，而我只想多飲兩杯咖啡。

「睡不好嗎？」

「嗯，幾日沒有上網，有點不習慣。」我說。

「我倒習慣啊，平日都是看書多過上網的。」

「待會由立山去黑部嗎？」

「嗯，乘吊車到黑部，可以到人工形成的黑部湖附近閒逛。」

「看風景嗎？」

「還可看到歷史，我做足資料蒐集的。日本是島國，資源不足，第二次世界大戰後，為了增加電力供應，在黑部建造水力發電廠。一九六三年動員一千萬人興建黑部湖。紀念館有黑白紀錄片，可知他們用簡陋工具開鑿隧道和人工湖，一共用七年時間，一百七十一人殉職，才建成這水力發電廠。」

「水力發電比核電好吧。」

「我喜歡的作家大江健三郎和村上春樹都反對核電的。」

「很久沒有看書了，整天望着股市升升跌跌，還要上網買賣外幣，這幾年過得好快。」

「嗯，好快，我還記得中三轉校遇上你們的情景，轉眼間已是十年。」

「我們別像老人家敍舊那樣，快點吃完早餐，出去雪地拍照。」

阿雪笑起來，好像氣質女神般不吃人間煙火似的，但我剛剛看見飄逸女神大口大口的吃早餐，毫不離地。

「你知道我們泡過海拔二千五百公呎的溫泉嗎？」阿雪輕呷綠茶問。

「知道，還知道所有物資運上山都是昂貴的，即棄牙刷五十日圓，小面巾三百日圓，幸好我習慣環保自備牙刷和日用品，不用逐件買，然後扔掉製造垃圾。」

「我以為你會做數學家，數王都不及你心算快啊。」

我不知怎樣回答，即使我有能力做數學家，也沒有興趣。許多事情可以輕易做到，但不想做，說出來就會變成自以為是，甚至是「曬命」，跟家人朋友也不必

說，這可算身處人羣中的寂寞呢？

「幹嗎不說話？我們明天住在上高地的白骨溫泉，名字夠恐怖吧。」

我笑起來，說：「專心喝茶，快點出外閒逛，行程緊密啊，領隊。」

阿雪連忙喝罷綠茶，示意離去。

走到雪地，墨鏡和防曬品是不可或缺的，尤其是墨鏡。由於雪地反光，長時間在烈日下走雪地，要是沒有墨鏡保護，容易令眼睛不適，甚至雪盲。

立山的雪地露出的植物往往是樹頂枝葉，盛夏時，厚雪融化，自可看見樹和湖，而五月的湖仍是雪地。

昨晚看電視看到經營旅館的老闆娘說並非每年都能找回旅館，有時冬季積雪太厚，白茫茫一片雪地，找不到自己的旅館。

積雪高逾一米，走在雪地時，要避免走近樹頂。跟朋友分開方向走，我走在四下無人的雪地，右腳踏入鬆軟積雪，整條腿埋在雪中，當時一額汗，要是左腳附近積雪同樣鬆軟，我掉進積雪中，要是喊救命可有人聽到呢？

幸好我的左腳踏在堅固積雪上，用雙手按在雪地，可將右腳從積雪抽出來。此後，只走在已有鞋印的雪上，起碼知道那位置的雪不是鬆的。很喜歡在雪地獨行的感覺，不必思考，不必說話，就這樣靜靜地走。

跟阿雪相約在車站碰面，然後乘吊車到黑部去，由積雪的高地去到沒有雪的人工湖，逛得心曠神怡。

離開黑部，我們先到松本住一晚，阿雪是謹慎的人，預早到售票部買上高地和乘鞍的兩日票時，職員說買票後不能退票，建議我們當日才買，他們在清晨五時開門售票的。

我們打算乘坐早上七時許的列車，車站距離售票處頗遠，以我們的步行速度，來回起碼要半小時。我們再次要求預早買票，職員再說不如當日才買，買了不能退票的。

阿雪見職員那麼緊張，問我意見，我認為早一日購票較佳。先前的職員剛巧走開，我們便跟另一職員購票，對方重複不能退票，苦苦相勸，然後，有高級職員走來再說肯定不能退票，無論如何都不可退票，跟我們說不如乘車前才買票。

我們多番堅持才買到車票，兩日票售價五千日圓，逐程計起碼要八千日圓。這種套票多是遊客購買的，票上印有英日對照條文，寫明買票當日才可退票。

「從售票職員過度謹慎態度來看，相信曾有旅客預早購買兩日票，後因天氣欠佳或其他理由要求退票，但條文所限，職員無法退錢，大家鬧得不愉快。此後，他們要再三警告乘客別預早購票，因為購票當日才可退票，預早購買是絕對不能退票的。」阿雪在晚飯時提起。

「香港不時碰到無理取鬧的人要求退錢或賠錢，店方忍受無理要求，變相縱容，然後無視世界各地的規矩，丟人現眼。」

「工作受氣嗎？」

「一定有的，曾有客人跟我說買入某股票，股價大跌，投訴我弄錯，說他沽貨的。」

「有電話錄音啊。」

「那個客口齒不清，雖然聽得出是買，但他堅持說賣。」

「最近怎樣？」

「不說了。」我突然覺得厭惡那個環境和某些貪婪的股民，不想說下去。

「阿恩，我們認識那麼久，你介意我說句真心話嗎？」

「你想說我難相處吧。」

「同學都覺得你高傲，自恃成績比別人好，經常看不起人。」

「我沒有看不起人，只是沒有興趣看而已。」

「我們是好朋友，個個遷就你，以為你工作後，脾氣會好轉，沒料到變得更差。」

「我沒有那麼差呀，你別誇張。」

「沒有誇張，你真是那麼差。」阿雪認真說，讓我忍不住笑起來。

「你這種態度，會讓人誤會你恥笑我的。」

「我笑自己而已，沒料到我在你眼中是那般差勁。」

「其他人看來只會更差。」阿雪笑道。

「上高地有什麼好看？」我轉話題問。

「上高地有著名的河童橋，傳說河童在那兒聚居的。芥川龍之介曾到那兒旅遊和泡溫泉，寫了小說《河童》。」

「啊，河童是日本傳說的怪物，像隻禿頭青蛙。」

「芥川筆下的河童可以選擇出世與否，如果不願來到這個世界，可以在母親的肚子裏回答，然後，胚胎就會消失。」

「可見作家不願來人間走一趟。」

「他確實活得不愉快，親手結束自己的一生。」

「我們好像已經沒有生活，只餘生存。捱過催淚彈，留守多日，結果是一場空。」

「不會的，有些事情已經改變，我們做過的事不會白費。」

「你見車站附近那間松屋的牛飯只賣二百八十日

圓，還送味噌湯，兌換港幣二十元有找，在香港連茶記的早餐都吃不到，便宜得難以置信。」

「原本不肯減價的競爭對手，現在都減至同價，日本人生活艱難，慳得多少是多少。」

「小敏一定不相信日本有如此廉價的晚餐。」

「她在紐約吃一餐飯，夠我在大學飯堂吃一個月頹飯了。」

城市的酒店房有 Wi-Fi，我上網看自己的股票戶口，全部大升，我其實看不通內地股市，只是乘升浪買入，搭一程順風車而已。

洗澡後，見阿雪看手機，說：「上載照片等大家葡萄吧。」

「我不知自己是否有毛病，但你不要笑我。」

我裝作用手在嘴唇拉上拉鏈，阿雪笑起來，說：「我經常看程卓民的個人資料，看見他的感情狀況是單身，就覺得安心，我很擔心有天看見他寫着正跟某女孩交往。」

「也許是跟某男人交往啊！」

「你別嬉皮笑臉，我覺得自己有病，又無法控制自己。」

「真是有病，相傳這是古已有之的單思病，給他短訊，他會開心得要死。」

「他從來沒有追求我。」

「別老土，你想他拿着一束花等你嗎？」我想了想問：「張建寧呢？你有偷偷看張建寧的感情狀況嗎？」

「他起初說再見不是朋友，後來在 Facebook 給我交友邀請，看見我換上黃絲帶照片，隨即 unfriend 我，後來又再給我交友邀請，我接受了。原來他想讓我知道他快要結婚，原本單身輪候公屋，很快變成已婚排隊，快得多。」

「你走寶了。」我誇張笑說。

「噢，真是走寶。」阿雪笑起來，放下手機。

我沒有跟她談程卓民，有些事情是不應多加意見。

第二天醒來，匆匆梳洗和退房，乘電車轉巴士來到上高地的溫泉旅館，未落巴士已見大叔在巴士站等候。

相信大叔是旅館經理，他帶我們到大堂，待我們換拖鞋後，領我們入房，然後問我們翌日離開時間。我們說乘坐早上八時許的巴士，他說最早的巴士是九時許，我們說肯定是八時許。

大叔走回櫃檯，非常認真的致電巴士公司查問，確定是八時許後，才說要更改早餐時間，由七時改為六時三十分，煞有介事地提醒我們預訂溫泉粥，據說養胃強身，我們當然預訂一人一碗。

許多溫泉都寫明不同療效，偶爾泡幾次，其實作用不大。由於是淡季，我見住客多是銀髮族，他們倒適合日日吃溫泉粥，我們偶然食一碗，同樣不知道如何養胃強身的。

日本傳統男女同泡溫泉，直至西方人到日本旅遊，直指男女共泡溫泉不文明，日本人才分開男湯和女湯。不過，在鄉下地方，仍有男女共用的溫泉。

沒料到這次入住的溫泉旅館分男湯和女湯以外，還有男女共用溫泉。男女用不同的浴室，男人就這樣走出去露天風呂，女人那邊有塊木板遮蓋半身，也容許女性使用旅館提供的毛巾遮遮掩掩才浸入溫泉。

阿雪泡湯後，坐在榻榻米喝茶，帶笑說：「在停車場和大堂都可看見男女共用的露天風呂，男人就這樣走來走去，女人用毛巾稍作遮掩，你可以留意啊。」

「好啊，像我這樣的色情狂最喜歡看的。住宿好貴，必須多看幾遍。」

阿雪大笑起來，說：「旅館貴在白骨溫泉，泉水帶石灰質，看來白色，還令附近的樹木枯枝像白骨的，由此命名。」

「名字嚇人，稱為美人溫泉好得多。」

「《紅樓夢》的風月寶鑑一邊照見美人，一邊照見白骨，美人和白骨是一體兩面，視乎你的想法。」

「你別兩句話就回到文學本行，好趕客。」

「芥川龍之介曾在這區泡溫泉的。」

「我是市儈的股票經紀，才不會跟你談文學。」我拿毛巾去泡溫泉，在寧靜的環境下，彷彿可以融入大自然，暫時忘記我的股票和外幣的升跌。

翌日吃過溫泉粥的豐富早餐後，我們離開旅館到河童橋去，站在橋上，既可眺望雪山高峰，也可細看橋下流水淙淙，景色優美。附近的商店有許多河童精品，但買的人不多。

「連哈囉吉蒂扮河童都好趕客啊。」阿雪拿起精品說。

「你經常談文學比河童更趕客呀。」

「你可以把我說得更差嗎？」

「可以，」我故作認真說：「你經常追蹤某人的網上資料，活脫脫就是癡漢，不過是女版的。」

阿雪但笑不語，示意往山上走去。

上高地和乘鞍高原都可望到雪山，樹木滿佈青苔，隨時可見地衣沿石上生長，空氣好得不得了。山上的公廁由義工清潔，非常乾淨。那裏放了一個箱，建議遊人每次使用後捐一百日圓，用作整個高原的清潔費。

不少學校教師陪同學生遠足，全部自備食物和水樽，在中途吃午飯，河童橋和巴士站附近都有水龍頭，提供山上清甜美味的飲用水。

那麼多學生吃飯的地方，不但沒有垃圾，更沒有

噪音，即使人來人往，仍讓人有寧靜安逸的感覺。

我和阿雪愈走愈遠，沿途再沒有碰到人，一直想問阿雪可會迷路，但見她充滿信心的走在蜿蜒山徑，大家都無意打破這樣的沉默。

我們走在山路，驀然看見一個男人走近，聽到他自言自語，但無法辨別是哪種語言。阿雪和我有默契地轉身走，沒有快速離去，以免惹起誤會。我們儘量自然前行，希望遠離他以後，才找落山的路。

我們背向男人前行，但我聽到他呼吸聲漸漸迫近，裝作不經意的向後望，正好跟他四目交投，他的目光像野獸似的射向我們。

阿雪忍不住加快腳步，男人突然踰過她，站在她面前，大家連忙停下腳步。我起初只聽到自己因緊張而加快的心跳聲，然後聽到男人嗬嗬嗬的呼吸聲，相信那個男人的精神有問題。

我和阿雪交換眼神，正想逃跑之時，男人拿起地上的大石，擋在我面前，目光狠狠盯住我。

男人比我高半個頭，我們之間距離接近，只要我移開半步，男人的石頭就會準確無誤的砸在我的頭上。

我的腦海突然變得空白一片，往事如泉水般湧上來，好像上課時望出窗外，剛好看見天空有飛鳥飛過的一刻。我不知道在此時此刻，天空可有鳥飛過，只感到遍體冰涼，那是恐懼和不甘心的感覺，我從來沒想過生命可能會突然結束。

如果男人的大石砸下來，我的人生就完了，我竟然花了許多時間來討厭父母，甚至討厭父母將我帶來世上，然而，當我在下一刻要離開這個世界時，又覺不捨。

男人的沉重呼吸聲仍在耳邊，我不知道男人的國籍和語言，連勸他停手也辦不到。我知道阿雪正想辦法幫助我，但她害怕惹怒男人，三個人僵在那兒。

我的腦袋好像重新啟動一樣，只想到錢，顫聲說：「I give you money. Money, money, money.」

男人手上的石頭仍在我的頭上，呼吸沉重，他沒有砸下來，也沒有拿走，或者不明白我說的，也許在思考，說不到正在想下一步怎樣。他像大密雲似的站在我

前面，遮蔽了天地。他隨時可以奪去我的生命，我卻不敢亂動，呆呆地站在那兒，生怕刺激他。

四周變得寧靜，如同回到立山的房間，靜到有回音，然後聽到風聲，阿雪的聲音如銀鈴般在耳邊響起，她以堅定的語氣說：「I love you.」

男人舉起石頭的雙手抖顫起來，我稍稍站遠一步，避免他情緒轉變，手一鬆掉下大石。我不敢抬頭看他的臉，平視他的胸口起伏不定，呼吸急速，想他正在極力控制自己的情緒。

這時候，我悄悄將視線移高，看見男人的眼珠是藍色的，如清澈的海，他的眼睛跟一身流浪漢的破爛酸臭並不配合，應該是白人，只是過度暴曬，膚色變深，或太骯髒弄致滿臉滿身啡啡黑黑。

阿雪輕輕說：「We love you. We love you. Love you. Love you.」

我屏息靜氣的站在那兒，看見男人緊皺的眉頭鬆開，眼珠閃過亮光，看不清楚是眼淚還是反光。他垂下頭，不敢再望我們似的，放下石塊，很慢很慢的轉身，然後很快很快的跑掉。

我望住男人的背影消失以後，雙膝一軟，頹然跌坐地上。阿雪蹲下來抱住我，我嚇到哭起來。阿雪不斷安慰我，好一會以後，她才問：「可以走路嗎？」

我點點頭，阿雪拿出地圖說：「太陽快要落山，我們走吧。」

我的身體依然發抖，阿雪用右手握住我的左臂，帶我前行，我感到她的手也在顫抖。

我們沒有說話，只想儘快回到半山的巴士站，急步走了近一小時，我和阿雪才停止發抖，然後看見兩個行山客，跟我們用日語打招呼。我像重回人間，有說不出的開心。

由上高地回到市區之前，我們沒有再說話，跟死亡擦身而過的感受難以形容，只能沉默。

回到市區酒店後，我們沒有吃晚飯，一早睡覺。

我在夢中重回山上，只有我和那個流浪漢，他跟我說廣東話，讓我知道自己在夢裏，他說憎恨全世界，憎恨所有人，要用石頭砸死我。我說我最近在股市賺

錢，可以將所有錢給他。

他用石頭狠狠砸在我的頭上，我慘叫一聲，聽到阿雪問：「阿恩，阿恩，你沒什麼吧，阿恩，快醒醒……」

我張開眼，看見阿雪站在牀邊，知道是噩夢，但沒有想過那麼真實，嚇得我一頭一臉都是汗水和淚水。

「飲杯水吧，只是發夢而已。」

「很害怕，我以為就這樣死去。」我輕呷一口水，一隻手輕按跳得極快的心臟位置，驚慌是如此具體，整個身體都告訴我真的感到害怕。

「我都很害怕。」阿雪輕輕說：「雖然日本是世上數一數二安全的地方，但仍會碰到精神異常的人。近年有無差別殺人事件，兇手在旺區隨機殺人，殺死哪個人都沒有分別，反正全部不認識的。」

「如果我們死去，未必有人找到屍體，列為失蹤人口，不知有多少人為我們傷心。」

「剛才我不知道怎樣辦。幸好，你嘗試跟他溝通。」

「我説將所有錢送給他，但他沒有理會我，你怎會想到跟他説愛呢？」

「我不知道，只知道人人説愛是魔術字，我盼望奇蹟，只能這樣説。」

「也許，他很久沒有聽過愛這個字，剎那間，他像回復正常，不忍心傷害人。」

「我愛你真是魔術字。」

「你為什麼不跟程卓民説呢？」

「他沒有跟我説，可能他不想聽到。」

「要是我們死去，你可會後悔不曾跟他説呢？」

「不會。」

我知道阿雪口硬心軟，或者，由我代她告訴程卓民好了，只不過花一分鐘寫個短訊，他們為何浪費時間呢？

「你呢？你可有後悔不曾做的事呢？」

「沒有。」我説，想了想，補充道：「要是知道生命如此短暫，我會更積極爭取民主。」

「別説得那麼偉大，你會積極爭取更多佣金吧。」

「佣金都要爭取的。」我笑起來，一顆心不再亂跳，可以說笑，想已遠離驚慌。

「多睡一會，明天回大阪後就要返港了。」

「嗯。」我點點頭，想是整天跑來跑去，身體過度疲勞，即使精神仍然處於緊張狀態，仍然可以入睡。

我回到三千米的星空下，四周非常美麗，我仿如宇宙間的微塵，沒有重量，沒有位置，在太空飄揚。如果我是芥川龍之介筆下的河童，有人問我是否願意出世，我一直認為我會答不願，經過今日以後，我會答願意，我願意來到世間經歷一切。

夢中的星空比現實的更美麗，我一直將自己視為外星人，想是逃避現實，沒有想過將現實變得更好。

鬧鐘響起，我由星空回到酒店的牀，拿起手機，分別給父母發短訊「我愛你。」然後，傳短訊給程卓民。

回程機上，我跟阿雪開玩笑說：「記得我們看過的電影嗎？無論是電視重播看的《人鬼情未了》還是我們放學一起去看的《骨中罪》，都描寫主角以為自己死裹逃生，其實已經變成鬼魂，肉體已經死了，我們可會是這樣呢？」

「你知道飛機不播恐怖片和空難片嗎？」

我望出窗外，說：「在機艙望出去原來看不見星星的。」

「早上收到程卓民的短訊，你做了信鴿嗎？」

我不願說謊，也不想在這問題糾纏，輕輕說：「如果你是河童，可以選擇出世與否，你怎樣選？」

「生命太多考驗，我要慎重考慮。」

「你只要記得我們見過的星空，你一定選擇來一趟的，彩虹五貓必然相聚。」

阿雪笑起來，說：「你變了。」

「變得更加好。」

「嗯，自戀狂阿恩原來沒有變。」

「阿雪，謝謝你。我怕沒有機會說出口，謝謝你的友誼，我非常珍惜的。」

「我同樣感謝你。」

「你有留意安倍晉三再當首相後，日圓匯價不斷下

跌，日股不斷上升嗎？大企業和大量持有股票的有錢人財富暴漲，窮人愈窮愈見鬼。」

「你別經常轉台，一時鬼古台，一時文藝台，現在又財經台，我很難跟上的。」

「你年年考第一，現在裝傻未免太遲。」

「對啊，早上新聞才説民不聊生，主婦説麪包貴了許多，原本一百二十日圓的麪包，現在賣一百三十日圓。麪包店老闆説生意難做，由於日圓貶值，外國進口麪粉和各種原材料已貴兩成，即使麪包加價，仍是艱苦經營。記者訪問一班小學生，男生説零食好貴，平日二十日圓一小包，現在賣三十日圓，其他小學生笑起來，不斷點頭認同。記者找來不少零食對比新舊價錢，證明小男生説出用家心聲，連小學生常買的零食都已加價。」

「我覺得股市升得快，好像配合重播的電視劇《大時代》。」

「香港都民不聊生，百多萬港元可以在日本置業，在香港已經是不可能。」

「我想去外國讀政治，將來從政。」

阿雪的表情像看見食人族跟她說轉食素一樣，呆上半天。

「你的天然呆很可愛，留給程卓民看。」

「你說笑吧。」

「我是認真的。腦海總想起不同電影的鬼魂不斷後悔生前沒有做過某些事，說過某些話，我不願將來後悔，而從政可以幫到最多人。」

「到時投你一票。現在申請入學還可以嗎？」

「我由剛入行時買了港交所的股票，已經有三倍升幅，現在有錢就可以讀書，加上我的成績那麼好，先讀一間學校，然後轉校，最終可以在名校畢業的。」

「我們真的追不上你所想的，去紐約讀書有小敏照應啊。」

「回港寄申請表，哪間大學好又願意收我，就到哪兒去。」

阿雪微笑點頭，沒有說話。

「我不是刻意說自己投資能賺錢……」

「我明白你的，不過，別人未必明白，覺得你聰明得炫耀，或者會討厭你的。」

我學她微笑點頭，沒有説話。

還未上班，已經上網知道幾隻股票像玩過山車似的。回到公司，我將在大阪買的大堆零食放在茶水間，但沒有人感興趣似的。

李先生整天臉色鐵青繃緊，相信他在大升市買了下跌的股票。有隻內地股票單日跌 47%，跌到停牌，市值由原本逾三千億元，大幅降至約千六億元，市值單日蒸發逾千四億元。

開市沒多久，有隻證監會警告股權高度集中的金融股插水式下跌，跌近六成，市值蒸發超過千二億元，同系股價也急挫近六成，市值蒸發逾五百億元，兩股市值在三小時內合共蒸發千七億元。

有個大客先前高追內地金融股，見他一臉死灰的坐在股票機前，沒有人敢跟他說話。他是李先生的客，不知他可有跟大客高追同一股票，有的話，可能輸掉他先前所賺的。

我將辭職信交給分行經理，他知道我準備再讀書後，也沒有挽留我，反而說：「現在還是讀書好，股市愈來愈泡沫化，早已變成政治市。」

返回自己的座位後，在電腦沽清自己的股票，足夠留學幾年。原先的我不會沽清股票，現在明白錢是賺不完的。

回港後依然發噩夢，我重重複複説錢錢錢，那個流浪漢愈聽愈生氣。阿雪説愛愛愛，他的心隨即融化似的。我應該沽清股票，學習怎樣去愛，以及接受別人的愛。

午飯時間，隨意買個麪包返回公司，沒料到所有同事都知道我已經辭職，莎莎姐經過我的座位時説：「全職搞革命吧？」

「是啊！」我笑説。

她一怔，自覺沒趣的離開。

小曹子走過來説：「賺夠離場抑或嫁個有錢人呀？有好路數記得關照小弟呀！」

我原本想答我智商幾多他智商幾多，關照他都無用，他根本沒有能力做到。然而，在日本聽過阿雪婉轉讓我知道自己難相處後，覺得一場同事，不用說話讓他難受，只好對他一笑，說：「你賺得更多，我不過去讀書而已。」

「許多大學畢業生賺錢不及你多啊。聽強哥說，你業績好，遲點可能升你做小組經理，你別跟人說是我告訴你的。」

「可能升職的是你，其實，讀書跟賺錢沒有直接關係的。」

小曹子笑起來，說：「承你貴言，升職的話，請你吃飯。」

「好啊，好啊。」我笑住回應，這就是我以前最討厭的虛偽說法，大家明知那餐飯是不會食的。不過，我開始明白填塞空白時間的廢話也有意義，讓大家可以輕輕結束談話，明明完結，又像未完，好像老人家所說的留有餘地吧。

波少突然大聲問：「你們見過強哥嗎？」

莎莎姐從茶水間走出來說：「新聞說有個證券行客

務經理跳樓，好似是強哥。」

「強哥電話飛去留言呀。」小曹子着急說。

「冷靜，冷靜。」波少說：「不是強哥，有行家覆我是另一個行家，好像炒燶內地股……」

大家鬆一口氣，看見吃罷午飯回來的李先生，小曹子飛身撲去說：「強哥，你回來就好了。」

「嚇死人咩，嚇到我個心離一離呀！」莎莎姐說。

李先生一臉茫然問：「你們幹嗎？」

波少說：「沒什麼，關心你而已。」

快將開市前，我上網看那宗新聞。初步資料是事主初轉工，很少跟同事交談，與家人關係淡漠，投資失敗，沒有遺書，但身上有精神科藥物……

第五章

A班羣組

2014.9.26

婷婷
大家有看電視嗎？我覺得氣氛不對。

班長
公民抗命。

阿雪
山雨欲來。

子駿
高材生別賣弄才華。

班長
好失望，竟然要這樣，我有朋友在那兒，我隨時會去支援。

子駿
希望不用我們前往，最近好忙。

2014.9.27

班長
我在現場，有人來嗎？

國鏗
下班後到。

班長
有許多防暴警察，他們有頭盔和盾牌，我們得雙手。

婷婷
警察不會傷害市民的。

國鏗
我不及你樂觀。

曲曲
如果警察要動手，都是暴民迫成的。

班長
這兒沒有暴民。

曲曲
以非法手段對抗政府的就是暴民。

子駿
應該稱為公民，我們是公民抗命。

曲曲
使用暴力的就是暴民。

班長
無話可説。

2014.9.28

班長
我在金鐘，有冇同學在附近，放了催淚彈，許多人受傷，好混亂。

婷婷
爸爸勸我不要出去，大家要安全呀。

阿雪
我剛剛相反，我媽一定要出去，我勸她不要出去，她身體又不是那麼好，但她不肯聽我說。或者，我夜點會陪她出金鐘。

班長
你們別出來，好亂。

美琪
我代伯母出去，你勸她留在家裏吧。

晴
我在醫療隊做義工，好多學生受傷，醫院的急症室人手大增，政府早已決定放催淚彈的，你們小心，別被胡椒噴霧噴到口鼻，太近噴到眼會壞眼的。婷婷的健康情況不大好，不要出來了；阿雪和媽媽都不要出來，現場有好多消息，好多謠言，我怕會亂。

國鏗

太過分了，警察濫用暴力。

泉

我朋友是警察，你們別罵警察，他們接上司指示做事。

國鏗

我親眼看見阿伯心臟病發倒地，警察不肯開閘讓救護車駛過，好過分呀。

曲曲

我全家有三個成員做警察，一出世就住在警察宿舍。警察不會見死不救，可能想開另一條路。

建寧

這班人破壞社會，警察將他們全部捉返警署就最好。

晴

我做護士以來，未見過那麼多十幾歲的人低血糖，這些學生都好辛苦，有幾個還中暑，警察不必使用暴力對待學生。

子駿

班長，你在哪兒？

班長

政總前。

子駿
我來找你。我遠遠看見幾個人撞閘受傷，然後有十多人抬個昏迷阿伯上救護車，國鏗，我們是否講同一個阿伯呀。

國鏗
是，我要返報館埋稿，先走了，大家堅持呀。

婷婷
阿爸讓我出來，我乘地鐵來找你們。

子駿
婷婷別來，好混亂呀。

國鏘
Chaotic.

阿雪
媽媽硬要出金鐘，你們認為如何？

國鏗
別出來，人多易亂，亂起來，附近的人未必可以照顧你們，萬一有人衝上去，人踩人就好危險。

泉
有些人食飽飯無事做出來搞事。

王
你這樣說是不對的，我無出去，看新聞見學生被打，都覺得不舒服。

國鏗
同事說收到風可能有危險，女同學先回家吧。

子駿
謠言滿天飛，不知哪句真的。

班長
有消息話十二點前一定要走，危險。

阿雪
你們快走吧，來日方長。

張
我有個朋友說會開槍和放催淚彈。

晴
不是謠言了，我中了胡椒噴霧，有催淚彈射向醫療站，好亂，我好驚呀，點會射向醫療站。

吳遠
我坐巴士返屋企，在吐露港公路看見二十多架警車向九龍方向行駛。

班長
有冇人在旺角呀？

阿偉
我在旺角，旺角安全。

志平
我在灣仔，好多警察，好亂。

班長
金鐘截了網絡，我要用藍芽。

國鏗
出了黑旗，同事話速逃。記者留在最後，你們快走吧。

晴
我不會走，金鐘也走不了，我要照顧傷者。

阿雪
快走，網台話會放催淚彈，會好混亂。

班長
我們用雨傘頂到一陣子，但電話無電，不談了。

子駿
好嬲，好痛，個個對眼都紅了，原來催淚彈真是催淚的。

阿雪
好難過，為什麼會變成這樣。

婷婷
灣仔區的教會開放給有需要的人休息，留守香港的可以入去呀。

美琪
他們的手機應該冇電，用藍芽耗電更快，希望大家今晚平安。

國鏗
待會兒會再去看看。

吳遠
希望以後都沒有這種事。

婷婷
我整晚祈禱，好驚有人受傷。

阿偉
警察太過分了。

曲曲
各有各的難處，我不說了，立場不同，希望大家別針對警察。

志平
我親眼見警察向手無寸鐵的人噴胡椒噴霧。

曲曲
不說了，希望大家平安。

小敏
我開手機看見你們談論的，雖然在紐約，但我的心一直在香港的，大家加油！

阿雪
我們會努力的。

2014.10.2

班長
好沮喪，學生組織的人都不團結，有人堅持撤回要求，有人想走溫和路線，有人企硬，有人議和，這樣下去一定輸的。

子駿
我見大家團結，別沮喪，同路人還有很多。

婷婷
我下午買紙包蛋糕送去金鐘，可能見到你們。

晴
今日要上班，放工才去看看夠唔夠義工，不過，醫療義工好多，市民送來的物資又有許多，班長，許多香港人團結的，大家會互相幫忙。

志平
曲曲退出羣組了。

班長
大家在羣組多年，竟然為了這件事退出，唉，我也不知怎樣説。

國鏗
無辦法，黃藍很難再走在一起。

泉
我支持警察的，我還在。

阿雪
和平抗爭，保持冷靜。

英英
你們好無聊，想搞亂香港。

子駿
我反而看見香港人團結，有人自願洗廁所，有人幫大家的手機叉電，陌生人送水和食物，物資充裕，大家會將垃圾分類回收，我看見香港未來會更好啊！

班長
我們繼續努力，香港前途是我們的前途，不能放棄。

和尚
我在旺角，旺角一切正常。

盈
我也在旺角，正在亞皆老街，你在哪兒？

和尚
我近油麻地，努力。

2014.10.5

國鏗
傳媒高層、前警方高層和建制派議員助理分別指今晚半夜三點，政府有行動，消息來源獨立，內容一樣，大家要留意。

班長
放風吧，謠言滿天飛。

晴
準備充足的好，醫院有緊急應變準備，如果有大量傷者入院，他們已經通知醫護人員隨時候命。

阿雪
我今晚出來支持你們。

美琪
我都出來。

國鏗
你留在家裏，有我在金鐘給你最新消息。

美琪
我不能坐享其成，香港的未來跟我有關的。

國鏗
有許多方法支持的，你們做後援，幫市民分析事情，以免普羅大眾誤信一方信息。

美琪
我會擔心你的。

子駿

你們別肉麻呀，可有顧及別人感受，私下才談情啦，惹人葡萄呀。

國鏗

你的女朋友遍佈全球才惹人葡萄，你又有顧過我感受嗎？

班長

你們別説笑，我看見許多警察，比平日的多，還有許多中年男人在附近，女生小心，別跟他們碰撞。

志平

我附近多了反黑組的 CID，今日有幾個大叔用粗口罵我，開口埋口都罵我廢青，我都無廢過。

晴

我站在醫護站，明顯是醫護義工，都有人走來罵我廢青。

國鏗

大家小心，收到風話明日清場。

班長

我最擔心班中學生，他們應該先回家的。

子駿
大家提醒四周的人小心。

美琪
校長的公開信有這幾句：請大家拿出更大的智慧和勇氣，請大家給自己和戰友休息的機會，請大家給對話一個機會，請大家立即撤離佔領，重開道路！

班長
算了吧。

志平
現在撤離，我們什麼都爭取不到。

泉
別怪我多事，撤退吧。

子駿
你從來沒有出來過，説什麼撤呢？

2014.10.6

班長
今日好平靜，大家得閒到執垃圾，金鐘好乾淨。

志平
報告，灣仔和銅鑼灣都好乾淨。

子駿
幾日沒有回家，阿媽今日拿湯給我飲，附近的朋友都有得飲。

國鏗
你不早說，等我過來飯湯。

明輝
我病了，出去幾日，捱不住發燒，今日請了病假。

班長
你去邊區，無聽你提起。

明輝
我一直有看你們的對答，不過沒有留言，我是行動派，只做不說。

子駿
笑咗。

班長
許多人淋雨幾日，半夜又大風，都要去醫療站拿藥物。

晴

許多學生來拿止痛藥、胃藥和感冒藥，大家都要休息，別撐得太辛苦，不少學生的臉色都差了。

美琪

我好擔心那些中學生，但他們比成年人更勇敢，希望他們捱得住。

桐桐

到底要遇過多少憤怒和壞人才可以過完這一生，我覺得好無助，小學時被人欺凌，現在被大叔用粗口罵，我無做錯過什麼事，他們為什麼要這樣對我，簡直想死。

班長

你當他們唱歌，下次有人罵我們，我們唱歌好了。

美琪

他們只是無知，我們原諒他們，大家唱歌吧。

子駿

好啊，我唱歌最好聽。

泉

警察朋友給我的資料，這是他們的立場，希望大家尊重：

1. 我們不評論應否參與佔中，但強調不可違法；
2. 我們警隊的職責是維持治安及執行法紀，我們都是市民的一部分；
3. 成年人有獨立思維及判斷力，但違法當判罪成會有刑事紀錄，並會失去大部分專業資格。

班長

我們不得不留守下來，我也不知道能否考律師牌。

婷婷

你別被傳媒拍到，不如早點離開，來日方長。

班長

我同中學生傾過，他們怕香港變成內地那樣沒有自由，為免貪污和腐敗，他們願意站出來，我怎能退縮呢？

美琪

我都問過幾個年紀較細的學生，他們很乖，知道自己做什麼，我們無理由將責任推到他們身上。

子駿

就由我們這些老鬼頂住吧。

國鏗

如果社會變成權貴樂園，我們都不過是捱低薪的工作，然後將薪金奉獻給地產霸權。

2014.10.18

泉

長文慎入，非喜勿插，我認同作家在面書寫：「當權者權謀詭譎，《三國演義》寫過不少強權計謀之餘，也寫過弱勢一方的機智策略，如孔明借箭和設空城計等。有些當權者既要欺壓百姓，又要假裝好人，要看不通的百姓反過感謝欺壓自己的人，就會布局挑釁百姓互相仇視和鬥爭，然後出來收拾殘局，最後會得到天真的百姓讚賞，緊緊抓住權力。

羣眾運動人多意見多，只要找人在內部將合理訴求變得不合理，然後找人在外製造對立衝突，有人帶頭嘈吵推撞就會混亂，原本冷靜的人或一時衝動反擊，這種看似平民互鬥的背後，説不定帶頭的人收足利益，製造混亂後離開，至於多少人收受利益搞事就無從追查。

爭取民主自由是長遠的，不爭朝夕，別跟惡意挑釁的人一般見識。與其爭執，不如讓羣眾看見優秀和卑劣的分別，羣眾運動要喚起大多數人齊來支持的。」

班長

未到退的時候。

國鏗

我贊成留守。

美琪

也許撤退是更好的策略。

國鏗

你留在家裏，沒有人要你留守。

美琪

我們要市民明白，退一步海闊天空。

子駿

你們別吵，羣眾內部都意見分歧。A班同學不必用全部同一想法，我們可以尊重別人跟自己看法不同的。

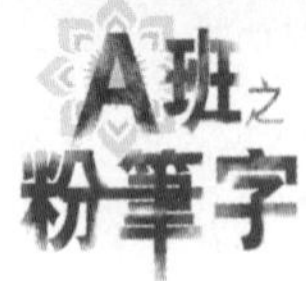

班長

我有兩次在蹲在街上喊，一次是食正胡椒噴霧和催淚彈，好難過，不是雙眼流眼水又或為整塊臉發脹疼痛而難過，而是我不相信政府這樣對待我們，那次喊到無法收聲。另一次是好朋友和女朋友都 unfriend 我，但我沒有做錯。希望大家留在羣組，你們不用同意我的做法，但我們都是為香港好的。

婷婷

我支持你，男朋友都 unfriend 我。不過，這是他的藉口吧，或者他從來沒有愛過我。

美琪

別傻，他愛你的，只是走到某一步，大家不能走下去。

阿雪

我們和而不同，香港的核心價值是自由啊。我媽去金鐘做義工，她問我在哪兒買尿袋，還問我附近是否沒有洗手間，大家要用尿袋。

泉

好好笑，她現在知道是手機的後備充電吧。

阿雪
我告訴她，她笑起來，自從政府放第一枚催淚彈後，沒有見過她笑，想不到尿袋逗得她大笑。

和尚
有個大叔罵完我廢青後，罵我們殖民地時期沒有民主，個個不敢向英國佬爭取，現在喊民主真普選。我跟大叔説他罵得我做廢青，無論我廢不廢，起碼是青年，我們沒有向英國人提出要求，因為在殖民地時代未識字或未出世。

美琪
第二十一日了，希望快點完結，香港人值得擁有真正的普選。

2014.10.24

盈
旺角多次轉變模樣，零星爭拗和惡鬥不斷增加。

和尚
拖延到這局面，責任在政府。

國鏗
我覺得整個人透支了，運動拖得愈耐，愈易變質。

阿雪
繼續佔領會傷害平民而非政府，勿忘初衷，所有運動都有結束一天。

阿恩
第一次搭口，你們勸大家和平散去好了。如果世上沒有不流血而成功的民主運動，就由香港人成就首個不流血的民主運動。

班長
現在散去，什麼都得不到，豈不是認輸？

阿恩
香港人值得擁有公平公義的社會，但雞蛋挑戰高牆，不能硬碰，只能游擊戰。守在一起是沒有進展的，進退自如才令高牆難以捉摸。

泉
我贊成，許多警察都捱得好辛苦，日日要帶阿媽返工被人問候，他們都是雞蛋呀。

子駿
我會堅守下去，發燒生病都要留在這兒。

國鏗
我跟子駿共同進退。

美琪
我跟你們同一陣線。

2014.10.26

國鏗
港鐵年年賺大錢年年加價，機場管理混亂仍要建第三條跑道，新電視台不獲發牌……全部都有「油水」，並收窄新聞和言論自由。

班長
官逼民反，我們投訴無門才公民抗命，杜絕濫權貪腐。

泉
警察和抗爭者兩敗俱傷。

婷婷
我們可以令運動在不影響公眾的情況下延續下去嗎？

班長
做到就做了九世啦，等你教？

2014.10.27

晴
一個月了，除了生日歌，聽得最多的是《海闊天空》和《光輝歲月》，還用歌詞做標語。

子駿
好懷念在學校唱歌的日子，你們記得《飯糰無限好》嗎？

泉
我記得好難聽呀！

桐桐
路過都要答嘴，真是難聽啊！

國鏗
我認為好聽過陳奕迅唱。

美琪
彩虹五貓的 *Over the Rainbow* 好聽得多。

班長
今天我寒夜裏看雪飄過……

寒夜裡看雪飄過　懷著冷卻了的心窩

2014/11/26

婷婷
清場就清場，不用民事訴訟的。

泉
政府有權清場的，民事訴訟是虛招。

子駿
由執達吏清除障礙物不是這樣的，當市民法律無知吧。

班長
警察像噴殺蟲水那樣向我們噴催淚水，可有想過誰迫使我們上街？

晴
他們將市民推上行人道，人擠人易生意外，我們不知幾擔心有人受傷。

子駿
沒有人想參與兩個月的街頭運動，正因政府漠視市民訴求，市民才要公民抗命，何必要有人流血呢？

阿雪

大家要保護自己，不爭朝夕，還有許多方法維護我城公平公義。

美琪

長文慎入：最近分別有香港朋友和內地朋友貼出這首詩，內地朋友勉勵自己，香港的朋友對運動失望，但不灰心，那是內地詩人食指的長詩，最後幾句是：朋友，堅定地相信未來吧/相信不屈不撓的努力/相信戰勝死亡的年輕/相信未來、熱愛生命。

子駿

我相信未來，未來不相信我。

美琪

你沒有不屈不撓的努力。

晴

是啊，我們要相信未來，還有比我們更年輕的學生站出來，我們要保護自己，保護他們。

2014.12.1

晴

國鏗，你們有報道警察使用的警棍手則嗎？

國鏗

有，報道過了，不知多少人留意，警棍不要高於對方肩頸位狠擊，也不要對人眼鼻狂噴胡椒噴霧。

婷婷：

我看電視已經感到憤怒，任何人受傷都無助追求社會公平公義，普羅大眾在電視只見警民衝突，對雙方都反感。

子駿

幕後施行暴政的人，民望微升。

阿雪

好討厭。

晴

國鏗，你寫寫遇上警棍應側身躺在地上，抱住頭臉和保護內臟。

國鏗

好失望，好難過，我做記者不是為了報道警察打平民的。

晴
我做護士也不是為了幫抗爭者止血的。

2014.12.15

志平
銅鑼灣清場了，運動失敗。

阿雪
我們沒有失敗，蔡英文在總統競選落敗後，她跟民眾說：「我們所團結的力量，是一股不可以忽視的力量，不能潰散，也不能消失。」

子駿
考第一的真的不同，隨時可以引文。

阿雪
我問谷歌大神的。

子駿
我喜歡的日本漫畫家奈良美智說：「香港以前是英國殖民地，沒有民主制度。日本的議會制度也是戰敗後被聯合國強加的，不像台灣，他們的民主是自己爭取的，只有自己爭取的民主才是真正的民主。」

泉
我從來沒有你們那麼天真。

美琪
自己香港自己救。

2015.1.1

婷婷
《撐起雨傘》得到「我最喜愛的歌曲大獎」，一人一票選出來的。但電視台不播這個頒獎禮。

子駿
新開始，大家別失望，新年快樂。

阿雪
新年新希望，一起的撐。

國鏗
努力！

第六章 漫長

和煦的陽光灑進睡房，讓我想起成語日上三竿。早已醒過來，但不願起牀，怔怔地望向天花板，彷彿在看電影那樣。腦海盡是近幾個月的事情，為免繼續想下去，便胡思亂想，思考日上三竿到底是哪三竿，抑或是一種名為三杆的竹竿呢？

手機響起，接聽後，聽到陌生的聲音說：「這是有組織罪案及三合會調查科打來的，我姓陳，請問陳子駿先生在嗎？」

「嗯，我是。」我躺在牀上回答。

「現在邀約閣下於二〇一五年一月十六日下午三時到警署，到時會以涉嫌召集及組織未經批准集結為由直接拘捕你。」

「唔。」

「聽得清楚嗎？」

「清楚。」

「知道地址嗎？」

「知道。」

「到時見。」

掛線後，自顧自的笑起來，多麼像朋友約會，只是現在很少電聯，通常打字傳訊，想不到竟然和警員有個約會。

起來梳洗，想起那一年的歐洲旅遊，人生有這樣的一年真是幸運。讓我看見各地的貧富懸殊，不同地方都有市民遊行示威，西班牙有示威，英國有示威，即使訴求不同，大家的起點依然相近，就是平民走出來表達訴求，要的只是公平公義，並非優惠或特權。

入大學時，我沒有參加新生開學禮，去年反而走去參與師弟師妹的開學禮。台上的學生會會長說：「堅持真普選，建設公平政制，是這時代賦予我們的責任。我們避無可避，亦退無可退。」

聽在耳中，驀然感到「我們」兩字太沉重，這是環境優美的校園，由南下文人創辦，在英語為官方語言的年代，學兄學姊為爭取中文合法化努力，他們捱過警棍和留過案底。

我知道參與公民抗命必須承擔的責任，但不能畏懼，這是時代賦予的責任。不過，我真的沒有想過辛苦到這地步，捱過催淚彈，食過胡椒噴霧，被警棍打過，跌過在地上擦傷手腳，現在還要被拘捕，付出太多，想像和現實的差距實在太大。

刷牙的時候無故想起捱過催淚彈後，有四千名同學聚集於百萬大道宣布無限期罷課，那一刻既難過又感動，讓我蹲在路旁大聲哭起來，不好意思跟任何人說，那樣的難過心情是一輩子不會忘記的。

日本藝術家奈良美智多次在 Facebook 聲援香港人，在專頁上寫「香港民主運動！加油！」他的漫畫總是叩問快樂問題，我在旅遊期間，覺得中學生活快樂。回港後，感到外遊日子快樂。我總是在快樂過去以後，才感受到快樂，這是我的問題嗎？

清場前的晚上，我和班長一起吃飯，那是市民送來的住家飯，還有媽媽送來的愛心湯水。這段日子以來，看見她憔悴多了，她一定擔心我，又不想影響我的決定，默默支持我所做的一切。我不敢走得太前，為怕她和爸爸傷心。

我勸班長及早離開，班長不肯。

「走啦，這兒不需要你。」

「我要跟大家共同進退，要拉要鎖都一齊。」

「別傻了，你考個律師牌，將來幫為公義站出來的公民辯護，好過現在留案底，浪費讀書的心血，也浪費父母的金錢。」

「你說話像我老爸，別裝老氣訓話。」

「我在旅行時看過哲古華拉的《電單車日記》，他讀醫時旅行，看見不公平的世界，投身革命，但這個世界比他的年代更不公平。信我啦，這個社會需要維權律師，你別浪費自己的才能。」

「你走嗎？」

「我打算做藝術家，不用考專業試。」我認真說，卻見班長大笑起來。

「我想留下來。」

「走啦，別婆婆媽媽，好討厭呀。」

班長神色凝重的思考良久，抬起頭望天，說：「今晚竟然看到星。」

「你眼花吧，光污染呀，別妄想在城市看星。」

「我好難過。」

「男人老狗別這樣婆媽，走啦。」

班長站起來，又蹲下，想說什麼，但最終什麼都沒有說，只是站起來，轉身離開。起初是步行，然後奔跑，很快在我的視線範圍消失。

附近有個男人跟我說：「你都走吧，你們年輕，前途無可限量，我在香港生活了幾十年，由我頂下去吧。」

「我們一起撐。」我笑說，儘管互不相識，大叔依然興致勃勃的談下去：「你信不信明日會有班從來沒有來過的政棍走來等被捕，他們就是等待傳媒拍下去，然後裝作為民主運動犧牲被捕。」

「不會吧？」

「風水佬呃你十年八年，我講的，幾個鐘頭之後，大家就知道。」

媽媽來找我收回餐盒，將一疊鈔票放在我的手裏說：「帶點現金，聽說保釋要錢的。」

「你怎會想到給我錢？」

「電視是這樣的，我又沒有律師朋友，你有嗎？」

「媽，你真是風趣，早點回去睡覺，我會照顧自己的。」

媽媽點點頭，我見她多了白髮，整個人瘦了一圈，深深吸一口氣後，以輕鬆語氣說：「媽，我一個人走到世界各地都可以。你不用擔心我在香港迷路，我懂得回家的。」

媽媽摸摸我的頭髮，像小時候送我去到幼稚園門口，自己不捨得離開那樣，輕撫我的頭說：「我們無用，無法給你支援，你要照顧自己呀。」

「我無用才是，讓你們擔憂。」

媽媽站起來離開，然後走回來說：「差點忘記給你藥水膠布，跌倒受傷的話，自己貼膠布，記住避開胡椒噴霧和警棍呀。」

「媽，你放心，你個仔像星星一樣。」

「像猩猩那樣懂得拍心口大叫嗎？」

「像星星一樣識閃，一閃一閃小星星……」我唱起小時候媽媽教我唱的兒歌，逗得她笑起來，說：「古靈精怪。」

我躺在地上休息一會，看見天上有一顆星，才知班長沒有眼花，原來鬧市都看到星的，只是平日沒有留意。

醒來已見清場在即，有些政治人物預早幾小時前來，他們準備在鏡頭前一字型排開，手拖手，以慷慨激昂的表情面向鏡頭，個個像化身哲古華拉一樣，為了等候傳媒拍攝他們如何公民抗命。

昨晚的大叔說得對，但他已經不知所終，放眼四周看不見他，只見不少由第一日開始留守的人靜靜地等被捕，他們神態自若，本該如此地在原地或坐或站。

班長給我短訊表示已經在家，早已聯絡師兄師姐為我們做義務律師，有需要時可致電他們，不要跟警察說話，有話留待義務律師到場的時候才說。

班長的短訊讓想起先前在油麻地遇上的失明人士，我知道他姓朱，他不知道我是誰。

網上有鋪天蓋地的資訊，十四歲少年被捕，很快被「人肉起底」，網民都知道他來自破碎家庭，母親不知所蹤，跟失明的父親相依為命，即使公開的照片已打格仔，或貼上圖案掩蓋兩父子的面貌，但我一見就知道他是朱先生。

雖然首次碰見他，但在網上已知道他因為遺傳的視網膜色素退變而失明，原本是建築師或測量師，很奇怪，明明是不同職業，網民總是隨意選擇相信一個，或者根本不相信，只是隨意使用，不同人寫他原本做不同職業，沒有人要求證的，反正寫的人用網名而已。

眼前的朱先生穿襯衣、西褲和皮鞋，全部看來都有點殘舊但清潔，看來是洗乾淨就穿上，沒有熨衣。他睜大雙眼，看來跟一般人無異，只是看不見，右手緊握盲人手杖，小心翼翼的在彌敦道往太子的方向走去。

我在家樂商場附近找朋友後，打算到旺角看看其他朋友，沒料到看見朱先生獨個兒走過，原本不打算打擾他，但見前面有新的路障，決定提醒他，順道問他往哪兒。

他回答旺角警署，相信他去保釋兒子，連忙說順路，建議陪他前往。

在馬其頓遇過失明的旅客，他獨個兒勇闖世界，我們曾經結伴同遊半天，他教我要幫助失明人士的話，別胡亂拖對方的手，可以告訴失明人士將手放在自己的肩膀上，為對方帶路，或者輕觸對方的手臂帶路，視乎當時情況或對方喜惡。

我長得比朱先生高，他的手放在我的肩膀上，應該不大舒服。所以，我先説會輕握他的手臂，然後用這方法帶路，還將他的手杖摺疊，放在我的背包。

我問他是否去警署報案，他沒有回答，我不再問。

由於只是直路前行，這段時間沒有汽車行駛，我們走得比平日更快。很久沒有走這段路，現在沒有汽車在馬路行駛，才留意近百間店舖之中，約有一半是珠寶金飾名牌商店，跟香港人有什麼關係呢？

我單手拿出手機，給A班羣組短訊，問大家可有方法幫忙朱先生。班長很快回覆，他説有些已經執業的師兄師姐組成義務律師團隊，他會聯絡他們。

一邊看手機一邊帶路，看見四周的人都讓出通路。原本想跟他説可以申請養導盲犬，現在的市民普遍

接受導盲犬走在街上。有次在黃大仙港鐵站看見導盲犬帶女孩由月台上大堂，只見人羣像摩西舉杖分開紅海一樣向兩邊散開，讓出寬闊的路給導盲犬帶主人上大堂，大家沉默而有默契的行事，女孩未必知道。

手機震動，看見班長回覆已經聯絡義務律師到警署協助朱先生，希望在朱先生到達時，義務律師已經趕到。

我還想跟朱先生談到在金鐘等車時，看見持手杖的失明青年等了四班車都無法上車，沒有人讓路給他，我覺得還是有導盲犬的好。

朱先生默默前行，在思考宇宙奧秘似的，我跟他說自己遇過的失明人士，他未必有興趣知道。或者誤會我只會跟他說失明人的事，想不到其他話題。然而，我確實想不到，連跟他說哪種笑話也想不出來。

走到十字路口，跟他說那兒有零星吵架和推撞事件，下次乘港鐵更佳。他點點頭，算是回答。

送朱先生到警署門外，最後才聽到他一句謝謝。聲音生硬，好像很久沒有説話似的。我輕拍他的手臂一下，然後放手，看見他推門而入，這才離開。

轉身往旺角方向走去，才想起一個關於失明人士的爛笑話，但他未必笑得出的，下次見到國鏗，跟國鏗説好了。

跟朱先生一起走的時候，不期然想起明和暗的問題。他活在黑暗的世界，但在現實世界，他在明，我在暗。我知道他的背景，他不知道我的。跟他一起走的時候，他不知道我偷偷用手機跟朋友聯絡，但他的一舉一動都走不出我的視線。

抗爭的時候，雞蛋在明，高牆在暗。雞蛋可以做的事不多，高牆有錢有權，用來控制雞蛋的方式千變萬化。

令我最失望的是同樣是雞蛋，大家心底裏都分了等級。參與程度有別，行動級數有別，大家不願有大台，沒有領袖，每個人都有自己意見，但爭取普選的人不懂得選出領導羣眾的人，即使有一人一票的普選，我

們又怎懂得選出領導城市發展的人呢？

我們好像盡了最大努力，實際沒有方向。清場前，有人擔心激進派以武力還擊，建議劃清界線，不反抗被捕的走在一起，以示跟武力對抗的不同，幸好最終不必如此，現場沒有人反抗。

大學生心底裏或感到跟工人抗爭者不同級數，同是學生又覺得學生團體不代表自己。清場的時候，我看見學生領袖在哭，不少人忍不住哭起來。我好難過，我們為什麼不能團結起來，凝聚力量呢？

手機傳來國鏗的短訊「Be realistic, demand the impossible！── SlavojŽižek」那是哲學家齊澤克鼓勵香港人的説話，面對現實，實踐不可能的夢。

也許我們並不成熟，但我知道大家沒有做錯。

☆　☆　☆

我面臨起訴，需要國鏗幫忙，他約遠足，天氣已經那麼熱，不時有暴雨，天文台甚至發出黃雨和黑雨的警示。不過，既然國鏗相約，我們就在他休息那天遠足。記者不會在紅假休息的，只有我這樣的閒人才會捨命陪君子。

我們到大浪西灣遠足，青山綠水，一洗鬱結。

「記得我們會考之後全班遠足嗎？」

「記得，人生很美，我們年輕，還有鴨腎。噢，今日沒有鴨腎。」我笑説。

「現在已經沒有會考，我們也不年輕了。」

「你不年輕而已，我還很年輕，世界等待我去發掘的。」

國鏗笑起來，説：「你算夠運，我找到你的照片，應會撤銷起訴。」

「普通法要原告證明被告有罪，我們為什麼要證明自己無罪呢？」

「當作節省時間好了，先前有市民被指在十月中堵塞道路，他的爸爸找到新聞片段證明他清白。除了撤銷控罪外，還有五百元訟費，説不定你有一千元訟費，可以請我食飯。」

「那種錢不要也罷。」我見國鏗沒精打采的樣子，問：「最近工作辛苦嗎？」

「許多記者辭職，我們這一組由六個記者只剩下兩個，新總編輯不願跟我們溝通，不知道是否凍結人手，我也捱不住，好像入錯行了。」

「我外遊一年，最近又休學半年，比你們起碼遲兩年才踏足社會工作，儘管父母不算老，我都好像變了啃老族，好想快點工作賺錢讓他們休息一下。」

「記得區巽嗎？」

「區選呀，我當然記得，他潛水多年，很久沒有聯絡我們。」

「明明讀勾信，你硬要讀驅選，現在沒有人這樣叫他，補習天王都用英文名，大家叫他 Andy Au，或者區 Sir。我先前做專題採訪踫見他，他說我有潛質做補習天王，問我可有興趣。」

「你有潛質做萬世巨星！人講你又信。採訪和補習教師是兩回事，記者是為市民報道真相呀！」

「你知道區巽的月薪是我的幾倍後，相信你會同意我轉行。」

「沒有那麼誇張吧？」

「區巽很受歡迎，他跟補習社拆賬，愈多學生愈多收入，現在的學生個個要補習，硬要送錢給補習社。」國鏗笑說，但笑得比哭更難看。

「我喜歡看你的採訪報道，不過，你要做補習教師的話，我同樣支持。」

「你知道去年的傳媒變化嗎？這一年來，不少傳媒棄守編輯自主，準備轉做官媒和黨媒似的。現在幾乎沒有中立的傳媒機構，我想留在這行業，也不知道可以在哪間機構工作，不如轉行。」

「區選教哪一科？」

「通識，他說中文是死亡之卷，想我教中文和幫手教通識，看看哪邊生意較好。」

「我畢業後都跟他搵食吧。」

「你不是要做香港哲古華拉嗎？」

「我怕英年早逝，哲古華拉做不成，只是哲人其萎呀！」

「你怎樣都用不上哲人兩字，我是用字準確的記者，你別亂抛書包。」

「可以望見整個沙灘了。」

「政府要破壞香港郊野，親政府的傳媒大開綠燈。香港有什麼問題都歸究土地不足，連安老院服務差都説是土地不足，真是荒謬。」

「講個笑話你聽：有三個大學生去踢足球，一個讀文學，一個讀醫科，一個讀理科，他們看見球場有兩羣陌生人比賽，無法落場玩，問管理員平日踢足球的人在哪兒，管理員説有羣外國失明學生來交流，開放球場給他們試玩足球，所以不招呼外人了。」

「幾有意思，但不好笑。」

「我未講完呀，文科生就像你那樣悲天憫人，説回校找同學為他們唸詩，帶他們四處去。醫科生説聯絡執業的師兄師姐，看看能否為他們驗眼，有些落後地方的人因白內障失明，只要動小手術就可以復明。最後，讀理科的以理性思考問管理員為何不待晚上才讓他們踢波，不用開燈，善用資源呀。」

說罷，我忍不住笑起來，國鏗木無表情的繼續走，我問：「不好笑嗎？幹嗎生氣？」

「你沒有看新聞嗎？去年底有名盲人足球員賽後不適，送院不治，至今死因不明，香港盲人體育總會拒絕承認責任，還涉嫌阻止親友追查真相。」

「我沒有留意這宗新聞。每日的新聞和討論多到洗版，經常看漏了。我的笑話並非取笑盲人，只是笑讀科學的人思想與別不同，善意得不帶感情。」

「唉，連續跟兩宗新聞都跟失明人士有關，我實在沒有心情聽那樣的笑話，因為現實更可笑。」國鏗停下腳步，轉過身來，跟我面對面說：「你知道荒謬到哪地步嗎？盲體會為了逃避責任，找靈媒扮死者說話，無視死者是基督徒，只想將責任推給醫院的護士，隨便找個人扮演靈媒或問米婆演一場戲，根本沒有人相信那些說話是死者說的，只是演場大龍鳳的人自己相信了。」

「問米婆扮基督徒上身？咪玩啦！」

國鏗冷笑一聲說：「根本是欺負失明死者和家人無權無勢，連半點尊重都沒有。」

「噢，我以後不講那個笑話。」

「傳媒工作者追查真相，就是要市民分辨是非黑白，維護弱者的權利。現在變成有強權無真理。即使公開事實是高牆錯誤，依然是雞蛋受傷，我對這樣的工作真是失望到極點。」

「如果你真要辭職，或者，可以用內地教師辭職的洗版金句：『世界那麼大，我要去看看。』你可以參加工作假期，到外國打工旅遊。」

國鏗沒有回答，腳步不停的向前走，好像要撇下我，自己完成旅程一樣。也許他還為我的爛笑話生氣，或者，他想獨個兒思考，不願再傾談。我只好減步退速，跟他保持距離。遠足的好處是無論有多少人一同出發，你都可以選擇獨處，在大自然跟自己溝通，不必理會任何人。

默默走了半個山頭，國鏗突然大喊過來：「你看，快來看看。」

我加快步速，連跑帶跳的走過去，以為又有蜘蛛仔在這兒掛「我要真普選」的直幅。那次在獅子山出現

我愛香港

的直幡，我覺得比奈良美智的藝術作品更藝術。

待我走過去時，只見國鏗站在大石前說：「幫我拍張照片。」

有人用白色粉筆在可以寫字的地方寫「我愛香港」，相信是寫下不久的。如果是老早以前寫的，經過日曬雨淋就會消失。

我拿出手機走去跟國鏗合照，國鏗推開我說：「我要單人照呀。」

「我愛香港人人合用，跟你 selfie 益你啦，放上社交平台呃多幾萬個 like 呀。」

我愛香港，真的。

第七章

每一天都是新的

我沒有想過這套戲會讓我無法制止地哭泣，主角讓我想起爺爺，不過，爺爺從來不是人羣中的焦點，他沒有愛麗絲的學識，沒有她的美麗，只有跟她一樣有阿茲海默氏症，以前稱為老年癡呆症，近年改稱腦退化症。

年幼的回憶彷彿永遠存在，我還記得俯伏在爺爺的肚皮上午睡，爺爺可以高舉雙手，將我抱得高高的。

國鏗在黑暗中遞來手帕，我用來抹眼淚和鼻水，總是想像如果爺爺的大腦沒有急速退化，我們不必送他入住護理安老院，也許，國鏗可以陪我一起孝順他。

電影主角愛麗絲是大學教授，從小習慣用腦，五十歲確診大腦退化。愛麗絲由家庭和事業兩得意的人生掉進谷底，她了解自己的病情，知道自己的大腦急速退化，神經元大量減少，逐漸有認知、思考、語言和記憶等障礙，隨病情惡化，日漸失去自理能力，最終要由人照顧，直至病逝。

主角用盡方法延緩退化，不斷玩手機問答，讓自己回憶一切，但她所做的事，最終都是徒勞的。電影

Still Alice，在香港譯為《永遠的愛麗絲》，內地的譯名是《依然愛麗絲》，台灣發行商將片名改為《我想念我自己》。Still Alice，即是說，無論病情如何改變一個人，愛麗絲依然是愛麗絲。這句話是對愛麗絲說，也是對她身邊的人說。台灣的我想念我自己，屬於愛麗絲內心的聲音——我想念我自己，跟任何人無關，直至生命走到盡頭，她依然想念自己。

我就是這樣想起爺爺，他在住院初期不能彎身為自己剪腳趾甲，有一天他把指甲鉗遞給我，意思是想剪指甲。但我嫌骯髒，推說快要考試，不能逗留太久。其實，我知道自己在找藉口。我竟然拒絕爺爺那麼微小的要求！然後，跟自己說我非常疼愛爺爺，我是對自己說謊！

國鏗輕拍我的手背，示意我不要太傷心，我看見愛麗絲就如預見自己。如果我同樣腦退化，我會記得今日跟國鏗看電影嗎？抑或我連國鏗都會忘記呢？

戲院的燈光亮起，電影終結，美麗與智慧兼備的愛麗絲將永遠消失，留下來的愛麗絲其實不懂得想念自己，也不會傷感，傷感的是愛她的人。

為免讓人看見我紅腫的雙眼，我坐在座位待其他觀眾先行離去。國鏗靜靜地陪伴我，看見觀眾走得七七八八後，才拖我起來，一起走出戲院。

「謝叔叔，謝叔叔。」附近傳來一把少年的聲音，國鏗循聲音望過去，帶笑說：「看戲嗎？」

「不，我來游水的。」少年笑說。

「我倒是來看戲的。」國鏗一本正經說，然後為我們介紹：「美琪。偉仔。」

偉仔望向身旁的男人再望向我們說：「我爸。」

國鏗的臉上閃過驚訝神情，隨即回復笑臉說：「朱先生，你好。」

朱先生點點頭，沒有說話。

「相請不如偶遇，一起吃飯吧。」

偉仔望向他的爸爸，相信他想一起吃飯的，但朱先生搖搖頭，手拖偉仔離開。

偉仔和爸爸走了幾步，轉身跟我們扮鬼臉。

「想不到樣子這麼難看時，偏偏遇到你的親友。」

「不是親友，工作上認識的。」

「你頂多可以做他的哥哥，怎樣一下子變成叔叔呀。」

「我沒有所謂，你怕偉仔叫你姨姨嗎？」

「我怕到時已經忘記自己了。」

「傻瓜，有我提醒你，如果我記不起的話，你又可以提醒我的。」

「偉仔的爸爸是否不喜歡我哭紅雙眼，不願跟我們一起吃飯呢？」

「你別多心，他是失明的。雖然看來如常人，但因視網膜色素病變，已經看不見任何東西。」

我想問失明的人為何看電影，但覺問題太白癡。國鏗像知道我的想法，說：「也許他懷念看戲的感覺，或者想陪兒子做一些事，所以，結伴到戲院去，他聽戲，偉仔看戲。」

「這年紀失明真讓人難過，不過，失明後仍是自己，如果失去記憶，還算是自己嗎？」

「別想太多，你不會失憶的。」

「誰知道。」

我們走到餐廳吃飯，自從自由行旅客愈來愈多，附近的食肆都捱不住貴租結業，變成金舖和藥房，現在要找間價廉味美的食肆真是困難。

點餐後，國鏗說：「我有事跟你商量。」

我望向他，示意他說下去，他遲疑一會後，拿起水杯喝口茶，然後說：「我想辭職。」

「你一直想做記者啊，我見你做得很好，先前那篇特稿兩個阿成很好看。」

「你記得？」

「嗯，你用真人真事說道理，很有意思，我轉貼網上，好多朋友讚好啊。」

「故事還未完的，爸爸認識做酒樓的阿成，因為他是熟客，看見阿成盡心盡力為伙計爭取應有權益，爸爸曾想暗中幫忙的。不過，阿成並非爭取失敗，而是同一陣線的員工出賣他，跟他劃清界線。」

「你在特稿寫得很清楚啊。」

國鏗微微一笑，說：「阿成轉工後，以他的機靈醒目，很快升做部長，然後他不斷出賣同事，很快升做經理，他致力幫老闆壓迫員工，基層員工無力反抗，他就不斷加薪。薪金的大餅就是那麼多，他壓縮手下的加幅，就可以增加自己的加薪幅度。」

「你說的是同一個阿成嗎？」

「爸爸起初在另一間酒樓碰見他，跟他閒聊幾句，沒多久見他升職，多問兩句就知道了。」

「阿成怎會將自己的卑劣手法說出來呢？」

「爸爸是原先酒樓的熟客，看見他被辭退，他跟爸爸說做好人沒有意思，維護自己利益就可以。」

「你打算寫出來嗎？」

「不是，我總想給讀者帶來希望的故事，但阿成的轉變太現實和太黑暗了。」

「跟你辭職有什麼關係呢？」

「我發現我變成阿成，我像茶餐廳阿成那樣跟世界脫節，又像酒樓阿成一樣逐漸變質，我想在我變成自己討厭的人之前辭職。」

「我支持你辭職，也支持你做下去，我支持你所有決定。儘管做。」

國鏗笑起來，我們好好享用晚餐，然後，我想起偉仔和朱先生是幾個月前的新聞人物，問：「偉仔是寫粉筆字被捕的少年嗎？」

「不可說。」國鏗故作神秘的說，我也不問，明白記者有記者的職業操守。

「遲點 A 班舊生聚會，你會跟他們說轉工嗎？」

「我會跟區巽做補習天王。」

「就憑你？」我笑說：「你頂多做補習老師，你不及區巽愛錢，做不到天王的。」

「我不知多愛錢，不過，愛你多一點吧。」

「用你愛我的少許感情愛錢，難怪錢不愛你。」

「已經是全部了。」

「感覺不到。」我笑說。

國鏗從背包拿出絨盒，說：「送給你的，花了一個月薪金，可見我愛你還是愛錢吧。」

我以為是求婚戒指，但他的神態不像求婚，打開絨盒，看見是一對鑽石耳環，退回說：「我很易遺失耳

環的，你去退錢吧。」

「收下好了，讓你看見耳環，一輩子記得我。」

「要是遺失耳環的話，豈不是一輩子都記不起你！」

國鏗沒好氣說：「怎樣都好。我最近都跟老人院的線，原本全組有六個同事，現在得兩個，差不多間間安老院都要自己去一遍。」

「值得調查嗎？」

「先前做新移民系列，有個阿姐最初持單程證來港，在私人安老院工作，她說日日忙到連坐下吃口飯都沒有時間，看見有些同事有意無意地虐待老人。我問詳情，她沒有回答，只說第一個月出糧，她用自己的錢買指甲鉗，每日匆匆食飯，用餘下的時間幫院友剪指甲和腳趾甲，她說有些院友的腳趾甲又長又彎的撞在地上，令院友行路不便，但沒有人會幫他們剪甲的。她每天得少許時間幫院友剪甲，足足剪了一個月才完成，然後辭職，說永遠不會再做安老院工作。」

「不會那麼誇張吧！」

「口講無憑，我會翻查數據，二〇一〇年前，每年約有四千名長者在輪候院舍宿位時離世，前年的數目升到五千七百人。政府花在安老服務的資源有限，全港目前各類的受資助安老院舍宿位約有二萬六千個，但社署中央輪候冊卻共有三萬多人。許多長者要入住私營安老院，經營者一心賺錢，有些差到整間安老院是臭的，我未踏入去已經覺得難過。」

「爺爺可以入住郊區的安老院算是幸運。」我說，想起最後那次探望爺爺，心裏有種酸酸的感覺，眼淚不受控制似的流下來。

國鏗連忙給我紙巾，說：「我的手帕呢？你沒有扔在戲院外的垃圾箱吧？你別在餐廳哭啊，其他人見到以為我欺負你。」

「老人家太無助了，你要做好專題啊！」

「一定盡力去做。」

我拿出他的手帕說：「我拿回家裏清洗。」

我沒有將國鏗的手帕放進洗衣機清洗，而是親手去洗，待我將他的手帕曬乾摺好時，他的偵查報告正好見報，全城嘩然。

當我看見幾個長者在露天地方被人脱光衣服等洗澡時，我實在不忍心細讀內文。她們可能大腦退化，家人無法全日照顧她們，才將她們送到護理安老院去。然而，她們在安老院活得全無尊嚴，一個個人像一件件等候沖洗的家具。她們無力反抗，不能自己穿回衣服，只能用雙手遮掩身體。

由於是露天地方，住在附近的居民應該早已知道，為何沒有人投訴呢？

我給國鏗傳了短訊：「不要轉行，繼續做好記者吧。」

「薪金太低，我很難儲錢買鑽石戒指。」

「我什麼都不要，只要你開心。」

國鏗回了三個笑臉符號，寫：「別肉麻，不過，我喜歡。」

在網上看到名作家楊絳的訪問，她已經一百零三歲，還在讀書寫作，她在百歲的訪問談到當下生活：「感覺每一天都是新的，每天看葉子的變化，聽鳥的啼嗚，都不一樣，new experience and new feeling in everyday.」

阿雪和阿恩旅遊日本回來後，一直說約食飯，但在羣組約來約去都無法約好，大家都很忙，最終是婷婷寫不齊人都吃一頓飯，反正我們日日都要食飯。

國鏗要上班，抽到時間會來一聚，但不吃飯。我去到婷婷預約的私房菜館，看見阿雪和阿恩已經坐在那兒，大家住在同一個細小城市，竟然很少見面，跟讀書時日日見面完全不同。

「你們曬黑了，日本好玩嗎？」

「好玩，我們差點死了。」阿恩說。

「開心到死還是購買忙死啊。」我笑說。

「不是，真的差點遇害。好像台灣的八歲女孩一樣，遇上精神有問題的陌生人，被對方殺死。」阿雪正色道。

「日本流浪漢嗎？」

「不知國籍，我跟他用英文說給他錢，他沒有理會我，直至阿雪跟他說 I love you，他就停手了。」

「好驚險啊！」

「原來愛比錢重要那麼多，我已經辭職，決定讀書。」

「國鏗都想轉行，但我勸他多留一會。」

「他的專題特稿寫得那麼好，真是天生記者，勸他別轉行。」阿雪道。

「他說薪金太低。」

阿恩笑說：「你跟他說 I love you 吧。」

我笑起來，子駿剛剛推門而入，坐下說：「全部男同學都遲到嗎？」

「很久沒見李灝泉，他接手家族生意，已經在羣組留言說會遲點到，你沒留意嗎？」阿雪道。

「區選來嗎？他找國鏗做補習天王，你知道吧？」子駿問我。

「知道，但我希望國鏗留在傳媒。」

「安老院虐老事件愈弄愈大，據說私營安老院投訴極多，但社署巡查都沒有結果，失去自理能力的老人近乎沒有人照顧。」

「這個社會的問題太多，我們還要努力。」

「你要上庭嗎？」阿恩問。

「撤銷控罪了，國鏗替我找到錄影片段，證明我在被控當日沒有襲警，沒有做違法的事。」

「不知 A 班同學能有多少相聚的日子？」阿雪輕輕道。

「我們一起活到七老八十，再約出來吃私房菜。」子駿笑說。

阿雪笑起來，輕輕道：「希望如此，我們要活得漂亮，死得美麗，為免年老時被虐待，現在就要改善社會，我很喜歡泰戈爾的一句詩：Let life be beautiful like summer flowers and death like autumn leaves。」

大家微笑，我的心裏充滿暖意。

讓生如夏花之絢麗，死如秋葉之靜美。

——泰戈爾

後記：讓未來的你感謝現在的你

到中學講座，不時遇上學生問 A 班的小説幾時有新書，我總是答很快，還在創作。這句很快，很快説了兩年。

到小學講座，間中遇上學生問 A 班系列幾時有新書，我會反問學生看過哪幾本，小學生瞪大眼睛説出書名，我説書名講明 F.3A 或 F.4A，你讀高小，看得明嗎？

小學生説到重要的事情，或認為重要的事情時，總會瞪大雙眼，一臉認真説明白呀。

高興知道這系列小説陪伴不少學生成長，希望熟悉這系列的朋友喜歡新的寫作手法，除 A 班羣組外，每章都以不同人物的第一身角度書寫。要是小學生無法理解內容，不如由 F.1A 看起。

人類學家米德（Margaret Mead,1901-1978）認為「教導兒童如何思考，而非思考什麼。」（Children must be taught how to think, not what to think.）

我們不妨留意思考角度和層次，別讓紛亂的世界局限我們的思考。正如小說寫什麼是重要的，不過，怎樣寫同樣重要。

對新讀者來說，這是獨立成書的小說。看過故事以後，要是有興趣知道他們的成長過程，才讀先前的小說也不遲，相信你會更喜歡他們。

本書時空是 2014 至 2015 學年，大部分香港人認為重要的一年，書中人亦不例外。創作 A 班羣組時，曾考慮以英文加廣東話加潮語加符號撰寫，比較接近手機羣組慣用的留言方式，但會形成太多病句，最後還是貼近現實之餘，儘量用書面語寫成。

感謝黃幗坤總編輯不斷提我交稿，要不然，文首的回答很快變成兩年又兩年。感謝編輯部同事製作這樣精美的書，感謝市場部同事的宣傳推廣，感謝喜歡這本書的你。

粉筆字可以輕易擦去，唯寫在歷史的事情是永遠擦不走的。我們今日付出的努力，無論成敗都不會白費，好好過每一天，未來的你自會感謝你此刻的付出。

成長文學系列最新書目

青鳥小說

書名	作者
GOAL！敗部復活	古永信
爆籃街霸王	殷培基
武神少年・武域時空	殷培基
爆籃ON FIRE	殷培基
我偷看了姐姐的日記	周淑屏
聽到生命的精彩	鄺頌安
那年老師教曉我的事	周淑屏
冬青之母胡秀英	李綺年
GOAL！	古永信
雜魚又如何	麥樹堅
漫遊未來	賴百樂
蝸居經紀活命記	古永信
出租關係	陳守賢等
愛・劇場	葉慧
穿人字拖的公主	王心靈
攝記追蹤之真相	馮志康
鳥是樹的花兒	鄒文律
野地果	胡燕青